늦게 쓴 편지

늦게 쓴 편지

변춘봉 에세이

희로애락의 세월을 돌아보며 써낸
한 권의 진솔한 편지!

생각나눔

차 례

시 편

여행 편

일기 편

MAIL

시편

5월에 서서

여울처럼 서둘며 달아나도 밉지 않고
맛난 과자 아끼는 아이처럼 설렘은,
완벽한 계절의 단명이 아쉬워서인가.

삭풍 막느라 걸쳐놓은 것 치워놓고
곳곳에 화사한 매무새들 자랑하는
활기찬 기운 한번 마음껏 느껴보게.

늦게 찾아와 위용 보인 멋진 설국도
그 모습 잦기 전에, 참은 듯 토해내는
거대한 꽃 한마당, 보는 것 잊지 말고.

봄눈

천지가 검은데 무엇 믿고 저리 흰가?
일색으로 덮인 밝아진 천지 그 속에
고개 쳐든 솔잎 가지 고고한 기품이네.

하얄 것 같은 세상은 나의 희망이었나?
살포시 감싸 안은 가지 슬쩍 건드리니
어제를 거만 떨던 형상이 전율해온다.

봄날 눈 녹듯 소리 없이 가는 세월아
좋아 가는지 싫어 가는지 모르겠으나
봄 치장 그만하고 빨리 오라 전해주게.

연인산

젊은이 마음 설레는 예쁘장한 '연인산'

나물 핑계 대고 매년 이맘때면 찾아와

푸른 들 청량 동산 원 없이 뒹굴어 보네.

자연으로 들어서며 마음 한번 풀어보니

능선 주변 사방이 나물 축제 중이었나

천지 신선한 식물 촌에 넋이 호강한다.

두릅에 얼레지, 고비, 지장나물, 참나물

무지(無知)에 나물 하나씩 배우는 소중함에

나물 캐는 남정네 별스런 호황 만났네.

어느 산행 전야

고희 앞둔 죽마고우들
부부 동반으로 산행하며

스치듯 들으니
숱한 풍상 언제냐인 듯
마음 설레네.

혹여 비 올세라
뒤척이던 추억
키워지는 생각은
꿈결처럼 밀려드는데….

그리운 벗들과
아껴둔 얘기 나누고
쌓인 회포 풀며
풍진이나 씻고 와야지.

뒤늦게 쓰는 편지

자신은 식구에게 모든 것 다 주고도
무엇하나 옳게 받아본 것 없는 당신
난 당연한 것처럼 받기만 하였구나.

'사랑한다'는 말 한 번 못 해준 위인이
정서(情緖)에 용기까지 모자라는 인사였나.
그 말도 녹 쓸었는지 입에서만 맴도네.

시름겹던 시절엔 작은 희망 기대하며
함께 겪어왔던 많고 새롭던 희로애락
고운 정, 미운 정, 나눈 사십 년 세월아!

힘들고 어렵던 때가 더 많았겠지만
그런 일 있던 듯, 없던 듯, 조용하니
옆에서 묵묵히 평생을 지켜준 사람

사느라 눈여겨보지 못했던 얼굴에
지난 세월 풍상으로 깊어진 주름이
내 마음을 더 애틋하게 하는구려.

'미안함'은 깊이 새겨두고 살겠지만
'고마움'은 걸음걸음 흘리듯 살려네.
남은 날들이나 멋진 추억으로 만드세.

"당신을 진심으로 사랑하오."

어느 한나절

경악이라는 낯선 용어 잦은 등장에
불확실이 염려되는 세상이라 하니
자식 걱정 앞선 마음 안부를 묻는다.

다 큰 놈 둥지 만들어 곁을 떠나도
새살림 혹여 서툴까 염려는 되는가.
몸은 떠나 있어도 마음은 늘 가 있네.

겪어 얻은 삶의 지혜, 더러는 통해도
주는 것보다 바라보는 시간 늘더니
씩 하고 웃는 애들은 이미 앞서 간다.

조심하고 도움될까 다잡으며 살아도
물끄러미 서서, 돌아본 길 쳐다보니
자연 앞에 윤회사유가 새삼스럽구나.

아! 온라인

함께 못 가는 삭신에
급히 가는 주변은
하루를 서두는데,
계절 바뀌듯
생각, 표현까지 다양도 하지.

손 익던 오프라인은
온라인에 치이고,
지고 온 세월 잊어라
담는 마음 버거우니
새록새록 부담만 는다.

편한 것은 알겠는데
세월 젖은 무게에
만고풍상 연(緣) 못 놓고
처음 받는 시험지마냥
하염없이 봐도 낯설다.

산에 서서

나무 사이로 다람쥐 놀고
풍경은 조는 듯, 마는 듯
잘 그려진 산수화처럼,
고향의 속살이듯
우듬지로 이는 순풍이
자연의 숨결 같구나.

자비 베풀라.
수양 힘써라.
풍경소리에 섞인 덕담은
득도의 자양분들로
산사를 살찌우며
지친 마음 달래주는데

길었던 살은 날에

살을 날 짧아 있어도

그림자 같은 욕망은

끝 간 데를 모르건만,

의지해 앉은 바위는

천년과 벗이란다.

잠시 머무는 자리

지난날 아쉬워하며
놓치고 싶지 않아 애쓰는 모습
조금은 안쓰럽지만,
나의 끝이, 세상 끝이 아니듯
최후에 남는 것은 늘 자연이라

우린 잠시 이곳에 머문 뒤
자식들로 하여금
세상 이어가는 것, 보며
먼 길 떠나야 할
나그네 아닌가?

'인생은 육십으로 보라'는 스님의 말
내일을 호기심 갖는 기대도 좋지만,
지금을 소중한 듯 아껴 살면 좋겠고,
즐거운 일엔 함박웃음 더러 짓다가
살가운 말이나 건네며 그리 살다 가세.

회상

살아온 날들 스치는 희로애락….

과일 입에 넣어 주는 것 짜증스러워,
통명부리고 안 먹었으면 됐지
고개 돌린 뒤, 고마워함은 뭔가.

시부모에 바친 정성 가시 되어 올 때
성내는 사람 핀잔주는 집사람 이해하는데
긴 세월 흘렀음이 부끄러워진다.

남자는 단순하고 애 같다는 말 흘리며
숱하던 다툼도 언쟁에만 이겼을 뿐,
돌아서며 사과(謝過) 명분 찾는 이유를 안다.

아련히 더듬는 깨알같이 작아진 날들
이런저런 생각 하며 스치는 입가 미소는
추억하며 함께 있음이 행복해서다.

별나라 흔적

벗과 마주하니

마음 편해 좋고

툭 털어놓는 이야기

시나브로 스며드는데

가고 오는 말

마냥 들어 즐거워도

서두는 세월 달랜 자린

공허함만 쌓이네.

지나온 삶들은

별나라 흔적인 양

점점 멀어있고

어제 같은 오늘은

판박이 타향 밟듯

낯설어 가는데

먼 산 해 기울고

오늘이 또 지는구나.

고마울 따름

부모님이 낳아 키워주시지 않았다면…

남이 키우고, 공들여 만든 물건
편히 먹고, 쉽게 쓰지 못했으면…

집사람 암 선고로 온 식구 힘들 때
성실히 집도해준, 의사 아니었다면…

아랫집 화재로 애간장 녹을 때
달려와 불 꺼준 사람 없었으면….

사나운 산 오르다 헛디뎠을 때
뒤 받쳐준, 그 사람 아니었다면…

힘들고 어려울 때 손 내밀며
살갑게 다가와 준, 친구 없었으면…

지금 나는 없었을 겁니다.

안식

소시적(少時的) 못한 일 있어도, 그만 애쓰고
지금까지 최선 다해 살며 추억하듯
여생이나 고이 보듬으며 아껴 살구려.

마음 달리 쇠잔해진 몸 아쉽긴 해도
천천히 잃어 가는 총기(聰氣)도 순리(順理)라 하니
이제는 그것도 수긍하며 받아 두고요.

무상한마음 못 이겨 때로는 힘들어도,
난생처음 좌절하며 마음 아파할 때도,
상한 마음 술로 달랠 생각일랑 말구요.

삭히느라 마음 닦달한들 속만 상할걸.
함께 있는 이도 그 일로 힘들 것이니
긍정하는 사고 하며, 편한 마음 품구려.

친구야

아련한 추억을 먹고 사는 친구야

외로움으로 천천히 다가오는 친구야

네가 있어 내가 덜 외로운 친구야

즐거울 때나, 슬플 때, 더 생각나는 친구야

속상할 땐, 생각만으로도 미소가 그려지는 친구야

말없이 빙그레 웃어도, 그 속을 보는 친구야

푸짐한 웃음 뒤에, 고즈넉함 이는 친구야

멀리 있건만 늘 가까이 느껴있는 친구야

삶 속에 돈이 전부 아니길 희망한 친구야

허구한 날 자주 만나도, 항상 할 이야기 많은 친구야

한잔 후 헤어질 땐, 아쉬워 손 흔드는 친구야

육두문자 태질해도, 꼬장 안 부리는 친구야

포근한 여인의 속살처럼 부드럽다가도,

때로는 널뛴 놈 숨소리만큼이나 거칠어지는 친구야

이제 긴 여행 끝에 여장 푼 듯 팔베개하고,

하늘 보며 편안하게 고향 한번 그려 보렴.

싸인지

한 장 한 장 넘겨보는
장마다 스민 사연,
떠오르는 얼굴이
곰삭은 맛 풍기며
정들듯 다가온다.

미래를 탐하며
더딘 세월 셈이나 하던
아련한 학창시절
기억도 새로운데

거듭 오는 갑자(甲子) 앞에
허장성세 들춰내듯
빛바랜 곳 펼쳐보니
벗과 함께 뒹굴던
그 시절이 그리워진다.

그러니 어쩌겠소

오형(吾兄)이 댓글 침묵하는지
이제 조금은 알 것 같소.

응대함이 가당치 않아
다만 물끄러미 보는구려.

마음에 들지 않으면
가벼운 마음으로 흘리듯 보고

미망해 보여도 소 보듯 웃구려.
잘 모르고 시작했으니 어쩌겠소.

댓글은 침묵할지언정
눈길은 머무는가 보오.

그렇다 해도 수고했소이다.
읽느라 불편했을 텐데….

이순(耳順)의 취흥

환갑 이후 삶은 덤'이라는 한마디
받아들여진 감정이 피해자인 양
지우기를 반복해본 농익은 담소.

나이 채우고 싶은 마음 지루했지만
어른 부러워한 때가 언제였냐 싶게
원치 않는 세월은 그리도 빠른지,
덧없는 기약의 변(辯), 범부의 잔을 타고
아쉬운 연민 섞여 진하게 다가오네.

지난 연륜 훌훌 걷어 그때로 되돌아가
숱한 말 버무리면, 즉석 안주 될 테니
감칠맛 나는 추억담아 꿈인 듯 취해보세.

환경 유감

의식주 모든 것, 터전에서 얻었는데
하는 일이 땅 파고, 깎고, 덮어대며
동네 옆은 살충제에 독극물 뿌리네.

좁은 공간 경쟁하듯 매연이나 뿜고
회색 대낮에, 밤하늘 별 가려있어도
당장 닥친 문제 아니라며 뒷짐이다.

자연재해 심상치 않게 설치며 나대도
방책 내놓으면 급한 일에 밀리고 채여,
생색 않나 못하고, 불편하다 외면하니

만물의 영장 허상이 얼마나 부질없는지
아직 못 깨달았으면, 무지라 하겠지만
느는 재해엔, 설익은 예측만 난무한다.

시름의 뒤안길

노도처럼 훑듯
핏대 올린 목청에
갈라지던 언성은
반성을 곱씹으며
이내 후회한다.

분노로 풀어대고
설치며 이겨본들,
소요 뒤는 항상
분위기 생뚱맞고
마음 시큰둥하니

시름 뒤에 보듬는
화초 옆에
고이 두고 아낀
화사한 꽃잎만
홀로 외로워지네.

새 그릇

해 끝에 서서
바람결처럼 다가오는
아련한 추억 돌아보며
갈 길 더듬는다.

해마다 반복해도
이순(耳順)의 연(緣) 만들며
자주 볼 것 같던
벽두의 만남은 반가웠지.

거창하고 의욕 넘치던 것
하얗게 잊고
희망 채운 염원은
다시 새 그릇에 담으려 하네.

반백의 세발(洗髮)

눈서리 곱게 맞고 지는 낙엽
새봄 되면, 다시 보겠지만

가여운 머리털, 작별 고하니
낯선 흰머리 밀며 찾아오네.

널 흘려버린 무심한 하수구
아까워한들 뭔 소용일까만

얼굴 간질이며 흔들던 손짓
수인사로 알았는데 고별이었네.

쌈짓돈 잃기 보다 아까운 너
거울 속 보는 눈길이 애처롭구나.

소망

개미처럼 열심히 살아온 당신
그리 살며 바람은 무엇이었나.

자식 건강하게 자라주기만을
간절히 기도하며 살았나 보네.

저마다 둥지 벗어난 지금은
사는 모습 보는 즐거움이라.

이제 더한 소망은 무엇일까?
무탈하니 사는 것 아니겠소.

을미(乙未)년 해는 떠오르고
저마다 갈 길 재촉하는데,

종점에서 방황하는 나그네처럼
친구야 이제는 무엇을 바랄까?

갈등

몸과 마음이 한울타리에 살고 있어도
남 보듯 외면하며 편히 어울리지 못함은
한 식구 같지만, 근본이 서로 다름이라.

몸 위하는 보신 가짓수, 정도를 넘고
넘치는 영양 뒤엔 비만도 기생하건만
건강도 '웰빙'으로 말 바꾸어 쓰나 보네.

풍요의 경쟁속에 방황하던 영혼이
바쁜 거리에서 갈 곳 찾아 허둥대며
어설픈 몸짓 하다 길 잃을까 걱정이다.

신뢰를 주소서

윗돌 빼어 아래 고이면, 모양 사는데
아랫돌 빼어 위로 고이니, 허물어지네.

사람 사는 일에 정답인들 있을까 만은
홀로 옳다 고집부리는 일 부질없다네.

싫다는 일을 새겨 받으면 될 일까지
주변 폐 끼치며, 맘고생 시킬 일 말게.

내 망가짐, 남이 연민해 줄까 몰라도
그로 인해 무너진 믿음은 누가 세울까?

신이여! 정신 놓는 날 데려가시고,
부르는 날까지, 옳게 사유하게 하소서.

공(空)의 영원함

지난 세월

길기는 하였나?

아쉬움 일고

산과 들은

피고 지건만

채울 일 없음을

무심한

바람결은

이미 알아버렸네.

절반의 기쁨

숨 막히는 9회 말 투아웃 마지막 혈전
3대 2로 사지에 빠진 팀 되살려내고
숙명의 라이벌 일본팀 얼 빼놓더니.

차가운 빙판 보는 매서운 시선 앞에
돌며 빠르게 점령해 가는 은반의 요정
숨 멈춘 명연기, 울려 퍼지는 애국가.

그대들 있어 한동안 너무 행복했다오.
화두인 좌우 프레임 뭔지 잘 몰라도
영원해야 할 조국은 단 하나뿐이건만.

세월

내 몫이어도

남의 일인 양

어찌해볼 일

아무것 없네.

온듯하더니

언제 갔나 싶게

흔적 없이

잘은 가는데

무시무종인가

억겁에 기댄

그림자는

이미 앞서있군.

마음은 항상

맑고 쾌적한 산과 들, 주변에 넘치고
여유롭게 졸고 있는 고즈넉한 자연들
반딧불이 생태 공간에 청정 머무는 곳.

발 닿는 곳은 두루 영산의 정기 받고,
마당 텃밭 삼는 마음은 진즉 부자요.
벗과 대작 즐기면 천국이 따로 없겠다.

마음 편하니, 의원은 문안 때나 찾을까?
기억에 남는 훈장과 쌓아둔 상품일랑,
그곳이 낯설 테니, 이곳에 두고 가야지.

돌아보니

알토란같이 살은 삶들, 거품 같아도
기쁠 땐 행복했고, 슬픔도 견딜 만했지.
허나 그때는 바빠 그런지, 몰랐나 보네.

힘 빠지고 지친 나이, 기력 쇠해진 몸
머릿속 맴도는 인내심은 떠나있는데,
총기(聰氣)는 낡아도, 말씀 건사는 넘치는군.

적당할 때 힘든 것들 두루 내려놓으며,
노염과 탐욕도 미련 없이 띄워 보낸 뒤
때 되면 즐거웠던 추억이나 펼쳐 봐야지.

그믐달

부모 여의고 십수 년 되더니
어느새 희미한 길, 정(精)이 들었나.

할아버지 소리 얼결에 듣고는
쉰 밥 삼키듯 넘긴 게 엊그젠데

이제는 보호자 앞에 '피' 자도
얌전히 버티며 앉아있구나.

구름에 잔뜩 가린 그믐달은
밤길 밝히기도 바쁜가 보네.

가을의 상념

하늘 안고 누렇게 채색된
풍요로운 들판 보고 있으면,
한로(寒露) 앞둔 황금 볕이 정겹다.

여름 흔적 다 못 지웠는데
성큼 다가오는 서늘한 바람
가린 허리춤 휘돌며 가네.

천지 물들이며 위용 떨치더니
하루가 급한 듯 서둘며 가는
겨울 첨병 같은 낙엽의 뒷모습

허우적대던 삶, 그 한마당 속
놓기 싫은 것, 놓는 것이
무상(無常) 때문만은 아닐 것을

화진포의 우남(雩南)

황제 밀서 받고, 미국 수뇌 만날 때는
마지막 촛불마저 이미 꺼진 뒤였고,
자신도 운신하기 힘들어 참담했을걸.

독립운동하며 나라 일으켜 세우고는,
헌법 수호하는 대한민국 토대 만들고,
한미동맹 맺어 동족 싸움 지켜냈네요.

잔가지에 가려 큰 나무는 안 보였나.
말년의 안타까움 어찌 그리도 몰랐나.
인내하며 애국한 사연이 궁금해지네.

자고 나면 터럭만도 못해지는 증오(憎惡)
이념 할퀸 곳은 아직도, 서러워 있는데
만고풍상 휘저은 뒤 후회하면 뭐할까.

이순(耳順)의 동반여행

담박함이 스민 벗들과 친목 십수 년,
만날수록 정 쌓이고 살가워져 가는데
내자도 의기투합 되어 함께 동참이라.

서로 아끼고, 나누는 순수함이 좋았고
이심전심 소통에 건강한 표정 보이니
매년 갖는 동행 나들이 기쁨 더해오네.

배려하는 여행길이 서로 좋기는 해도
귀경길은, 눈 감고 꿈속에서 헤매니
쌓인 피로에, 더딘 회복이 주범이었네.

표정들만큼은 하나같이 편해 있은즉
여행길 염두에 둔 내공의 관리인가.
그래도 건강 보따리는 늘 챙겨놓구려.

아름다운 빚

내 가난엔 소홀해도
딱한 이웃소식엔
소리 없이 다가서는
날개 없는 천사들

"두 눈 잃고 나니
더 많은 것이 보이더라."는
시각장애 자원봉사의 선안(仙眼)

"내가 살던 별나라로 돌아가려면
이 몸뚱이도 거추장스러울 것"
이라는 열반(涅槃)의 어느 스님

"나의 작은 봉사는 이승에서 진
빚 갚는 것에 불과하다"며
희수(稀壽)에도 봉사하는
이름 숨긴 은백의 천사

세상이 황량한 들판 같지만

그들을 보고 있으면

한없이 부끄러워도

마음은 따뜻해진다.

노염의 덫

아직 내게 있는 탱중은 뭔가
거친 바람에, 닻 내린 배처럼
여력은 아직 남았나 보네.
바람 같은 욕망의 꼬리가
여울목 숨결마냥 낯설다.

오늘의 문턱서, 내일 더듬으며
최선인 양 외면하고 살아왔으니
얻고도 잃을 수 있을법하건만,
여전히 읊고 있는 달콤함이란
널뛰는 위선 속에 거품만 같네.

해 바뀌면, 년 초부터 소원하며
많이도 품을 것처럼 나대었나?
내가 쥐고 있는 것은 허공이고,
두루 챙겨두던 것들이 모두
손에 잡히지 않는 무상뿐인걸.

함께 간다

장애로 힘들어하는 자식 감싸 안으며

남몰래 돌아앉아 닦아내는 그 눈물은

대신 아파 주지 못하는 사랑일 테지요.

천사의 영역일 땐 모르고 견디겠지만

어린 영혼 보듬으며 성년을 인내해도

편치 않은 눈길은 마음 아파 어찌할까.

방황의 언저리

외톨이 된 사무실, 마냥 낯설어지고
무기력해 앉아있는 자신의 모습에
말로만 듣던 사무친 고독이 저리다.

아프도록 외롭다 느껴본 것의 생소함
준비 안 된 고희 앞에, 마음 의지해 볼
마땅한 곳 없음이 어찌 이리 두려운지.

날 때 혼자이듯 갈 때도 혼자일 테니
낡고 쓸쓸한 둥지 곁이나 서성거리며
홀로 살 듯하다가 먼지처럼 떠나려나.

상상의 화폭

애써 괜찮은 척, 표정 짓고 있었지요.
어쩌다 감당조차 힘든 일 있을 때는
밤새 괴로워하며 온몸을 뒤척인다오.

책임지지 않아도 된다는 멋진 한마디
가끔은 들어 보았으면 참 좋겠는데
살아가며 그런 일 있을까 모르겠구려.

먼 산 어깨 위로 화폭, 살며시 올려놓고
지난 일들 추억하며 상상의 나랠 펴면
새털 같은 구름만 허공을 채워 오겠지.

노후의 세월

밝히는 주변은 늘 새것 찾아 있어도
세월에 쌓인 내공은 무상(無常)에 빛 잃고
북새통 속에 바랜 열정은, 흉내만 있네.

한 둥지에 있어도 생각 서로 다르고
느낌 틀리다며 어느새 관망자 되니
함께 있어도 건넬 말은 접을까 보오.

홀연히 찾아든 고독 두루 어설프더니
끝없는 아쉬움만 진한 추억돼 오는데
노을이 위로하듯 곁을 찾아와주네.

독백

아쉬움 많았던 지난날 뒤돌아보니
하나같이 내 생각이 더 나아 보이고
억지로 이겨도 잘해 이긴 줄 착각하며
배려보다 주장에만 무게 던져 살았네.

후회를 곱씹다가도, 자고 나면 잊더니
이제는 늙었음을 탓하는 몰염치까지,
언제쯤 형상 벗어날까 기약은 없고,
남은 세월 돌아보니 너무 짧아 있구나.

검투사마냥 살던 시절 어디로 갔는지
마냥 어릴 것 같던 놈 보호자 돼 있고
다소곳하던 내자 길게 기지개 켜는데,
힘은 왜 이렇게 빨리 쇠잔해 오는지.

웹 친구의 안부

폭염지중(暴炎之仲)
징그럽단 소리 입에서 새고
밥상에 다가앉기 짐스러운
여름이 간다.

잘 지냈나.
사이트에도 몇 친구만 보이니
더위에 두루 지쳤나 보네.
무소식이 희소식이라니
별일이야 있을까마는

들녘이나 누레지면
만날 일 더러 생기겠지만
넋두린 만나서 하더라도
안부는 건네며 사세나.

여기는 선유도

열네 명이 더위 피해 선유도 가던 날
군산서 자리 잡은 친구의 전화 한 통,
까까머리 생각나니 얼굴 한번 보자네.

'선착장'에서 43년 만에 보듬는 모습들
세월 거스르며 그 옛날로 돌아간 순간
이산 상봉처럼 한동안 시끌벅적했다오.

해신 같은 섬, 바다 갈매기 어우러져
넓은 시야에 도취된 분위기 오붓하고
선상 밑바닥에 앉아 먹는 회(膾) 맛이라니.

찾아와 함께해준 친구 있어 즐거웠고
추억 더듬으며 기울인 달콤한 술잔,
선유도의 멋진 추억, 또 하나 품었네.

한라산 여정

어두움이 막 내려앉은 인천 연안부두,
영산(靈山) 도전한다며, 태안 앞바다에서 펼친
선상 불꽃축제는 준비된 보너스였다.

나이 불문하고 섞여보는 선상 라이브
멋쩍게 쌓여있던 쑥스러움 털어보며
잠시나마 순수해진 자신을 돌아본다.

설경(雪景) 감탄하며 시야에 담는 백록담
발밑 아랜 서귀포요 구름이 그 사이라
찌든 삶의 시름들 일거에 날아가네.

동계산행 8시간 낯설고 힘들었어도
피로 잊고 나누는 반주에 산행정담(山行情談)
벗들아! 그대들이 있어 행복했다오.

망각의 곡선

잦은 망각, 영혼의 준비인가?

영겁 좇는, 흔적의 시작인가?

번번이 하던 일, 손사래 잦고

따라주지 못하는 것 느는데

고마움, 아쉬움 반씩 나눠 안은

냇가에 비친 무상한 백수의 임자

마주한 벗과 만든 진한 추억이

실타래 풀듯 오롯이 다가오네.

젊어 노세

노세! 노세! 젊어 노세!

늙어지면 못 노나니.

새삼스레 흥얼거리며

노인 12명이

남해안으로

길을 나섰네.

설레는 마음이

'행담도' 자리 펴고

선식 맛보더니

이제는

늙어 놀자며

고쳐 부르자 했나?

쥔 것 내려놓고

걱정 잊은 채,

지나온 세월,

많지 않은 남은 날
더불어 사는 맛
깨닫는 중이라네.

숨겨둔 듯, 아껴둔 듯
'향일암'이 멋지더니
'오동도' 또한
보물이었네.

'거제' 돌아 부산에 오니
'송도' 야경 눈에 안고
너스레로 지새는 밤
피로 잊은 채 즐겁다.

해가 중천이라
서둘며 찾은 '태종대'는
예전과 달라 있어도
푸른 하늘은 여전하였네.

그냥 웃구려

‘고구려’가 ‘중국’ 지방 정부였단 소리에
신중하게 대응하는 거 잘하는 겁니다.
‘몽골’은 ‘칭기즈 칸’이 ‘원’을 세웠어도
‘중국’이 쓰는 걸 잘 참고 있지 않나요?
작은 나라가 나서면 후환이 되지요.

학생 같은데 어른에게 담배 달란다고
버릇없다며 화내면, 애들 서운하지요.
금지옥엽에 왕자님처럼 키워놨는데,
그런 일로, 꾸중하면 오해할 겁니다.
마음 상하게 하지 말고 그냥 두세요.

고령화 시대라며 노인 문제 들썩여도
경제가 어려워 그러니 이해하세요.
영국, 프랑스는 GNP 1,200달러 때
연금제도 정비해둔 나라였다지만
다른 나라 얘기니 괘념 마시고요.

스치는 계절

만화방창 하던 때가 엊그제 같은데
어느새 낙엽 밟으니 덧없어라.

백로 지나 철 잊은 듯 불어오는 훈풍
땀내 나는 목 언저릴 무심히 스쳐 가지만

폭설이 천지를 덮고, 거친 삭풍 불다가
때 되면 모른 체하며, 돌아오겠지.

가을의 문턱

더위에 지친 삭신, 추스른 기억 없지만
슬쩍 가는 여름 끝에, 새삼 할 일 생기면
거침없이 나대던 지난날이 아쉬워진다.

땀 흘렸던 결실은 천지에 두루 쌓이고,
중천 해는 높아 있어도, 열기 대견해지니
철 따라 갈아입는 멋진 산하가 즐겁다.

두고 가는 것

변하면 누가 흉이라도 보나
끝없는 흐름만 거듭해오네.
익숙해 온 남은 며칠도
여지없이 거두어 갈걸.

조금 있기는 했을 행복도,
손에 잡힐 듯하던 희망도
번뇌와 방황 사이 헤매며
숱한 미련 떨치고 가는데.

도도하던 저 빈손 처사에
도사지인이라 치켜세우며,
세월 이길 듯 부추기지 마라.
살다 보면 없던 듯 떠나 있을걸.

친구의 부음

참담한 마음을 어찌하라고,

숱한 고생 겨우 접었다며

이제 조금 웃고 산다 하였나?

그 말 한지 얼마나 되었다고,

잊으라며 맥없이 가시는가?

혼 빼놓듯 마음 주더니,

그 자린 누굴 대신하라고….

문 열고 웃으며 들어서던

모습이 자꾸 눈에 밟히네.

아!

그리울 친구 편히 가시오.

낙서 초(抄)

가까이 두고

자주, 또 오래

엿볼 욕심에

행주 틀듯

공간 머리

쥐며 짜 보아도

펴놓은 자리엔

낯선 부스러기만

뒹굴며 있다.

열등의 대물림

국제학교도 아닌
아시아 공동체학교라
타향이 서러운 사람들

힘들어 왔던 금수강산은
배타와 폐쇄가
배달의 횃불이었나.

굴곡 된 역사가 잉태한
사대주의 영혼에
채색된 열등의식

생존이라던 핑계는
속보였으니, 제치고
가면이나 벗어 보이게.

세모(歲暮)의 함박눈

소슬바람 엊그제 같은데 송년이라니,
아쉬움 담긴 미련 혼자 곱씹어 올 때
휑한 마음 추스를 무렵 내린 함박눈

망년 너를 잊는다고 마셔대던 술은
잦은 송년 수다로 지청구 되어 오며
가지런치 못한 마음이나 엿보이지만

간밤에 내린 눈길 찾아 산에 오르며
온갖 시름 잊고, 눈에 심취한 바위처럼
천상에서 뿌린 순백에 흠뻑 빠져보네.

생동의 계절

유채꽃 제주 물들인지 언제인데
가는 길 무거웠나.
함박눈 듬뿍 내려놓았네.

봄 시샘하는 천상의 눈꽃 축제인가
꽃망울 터뜨릴 개나리 그리는 마음은
잘 지내온 겨울더러 이미 낯설다 하고.

바람결처럼 들려오는 매화꽃 소식에
한라산 정기 힘찬 바람 불거나 말거나
계절 뽐내며 찾아올 봄이 기다려진다.

가까이 온 봄

대한(大寒)이 엊그젠데
삭풍은 간데없고
명주 같은 정월
이곳저곳 밟으니
성낸 땅이 순해 온다.

봄 그리는 마음에야
나이 시비 있을까마는
창밖 기웃거리는
설익은 봄바람에
볕 한 줌이 따스한데

기지개 켜는 파랑새,
거울에 빠져든 처자
봄 기다리는 얼굴이
잘 닦인 유기그릇 마냥
푸른 하늘에 눈부시다.

몸뚱이

보이는 것은 몸통과 사지(四肢)뿐인데
그 속은 우주 만물이 있다 하네.
제 잘난 얼굴, 거울로만 보아선지
남과 평생 저울질만 하며 살은
그대는 영혼과 생사를 같이한 몸

공복이건만 입맛 핑계로 거식(拒食) 해도
그런 듯 안 그런 듯 인내나 하며,
느닷없이 맹꽁이처럼 먹어 댈땐
힘들어 참는 모습이 눈물겹구나.
침묵의 천사는 언제 덩칫값 하려나

견뎌내기 힘든 일 있을 때도
제 몸 던져 묵묵히 참아내며,
삶의 전부를 의지한 맏형처럼,
고단함 잊고 편히 누울 때도
오직 믿는 것은 그대뿐인 것을.

집착(執着)

엊그제 한 일
언뜻 와 닿지 않으니
한때의 일이라 했나?

다가서면 안보이고
떨어져야 보이니
집착 놓으란 신호
왜 몰랐을까?

10년만 젊고 싶다더니
늙어도 마음은 젊다 했나?
성상(星霜)도 인생 여정인데
늙음을 서러워했을까?

발걸음 무겁고
지친 몸 더디 풀려도
기분 난조라 둘러대며
건재한 척하였구나.

속내평

어린 그 친구가
딱히 잘못한 것은 아니다.
다만 괘씸한 것이다.
차라리 잘못했으면
콕 찍어 일러주며
너그러운 마음으로
건사해 두겠는데
너무 멋대로다.

'염치'
그것이 안 보인다.
지적을 할까 말까
그렇기는 해도
젊은 호기에 그러려니
마음 접어두고 싶은데
왜 이렇게 짓누르듯
날까지 더운지 모르겠다.

운동회(運動會) 60주년

13회의 약관이
하마 육순을 넘더니
꿈 안고 뛰던 요람에서
60년 묵은 보따리
풀어 놓았네.

도처에 흔적 남기며
면면히 살은 세월,
씩씩한 감성은 그대로였는지,
목청 돋워 부딪는 술잔,
여운이 힘차다.

바쁘게 돌아가는 주변,
힘들고 벅차도
지금껏 열심히 살아왔듯
그리 살구려.
건강을 위하여 브라보!

위선(僞善)

엄청난 파멸이 있었고
극한의 이익을 탐하는
황폐한 세상이지만,
그러함에도 지구는
멸망하지 않았다.

이해와 배려이기보다
극단적 자기 사랑으로
십자군인 양 가면 쓴 채
그 뒤를 받치고 있다.
그것이 뭔지 모르지만.

순리(順理)

여울목 들썩이듯

간극 없이 나대던

여름캠프 열정에

밤은 깊어 간다.

순리야!

조금 참으렴.

새벽이 오고 있잖니

또 다른 시작이라

추임새 놓아 본들….

가장 젊은 순간

어루만지며

미망한 갈길 놔둔 채

마음은 자꾸 뒤를 보네.

올해부터

새해도

산에 올랐지만

매년 소망하던

말은 담지 않았습니다.

부질없었다며

중얼거렸지요.

지금껏

소망만 했지

지키지는 못했거든요.

그래서

올해는,

희망을

조금 줄이며

더 애써보겠다고만

말했습니다.

유수(流水)

느린 뱀 다니던 길
말 바꾸어 탔으니
여유 있지 싶었건만

구랍이 엊그제 같은데
휘영청 밝은 대보름달
발등 비추며 있고

힘든 일, 참아 낼 줄 알던
이순 지난 지 오래인데
허장성세 못 떼더니

갈길 방황하는 터에
내리막길 칠십은
마음만 항우였네.

황혼 증후군

벅차도록 힘든 순간도
내려놓을 줄 모르더니
매번 같아 보이는 일상도
조금씩 어설퍼 오네.

지인이 곁을 떠날 땐
무위(無爲)를 입에 담으며
초연한 듯했지만
시든 몸 기댈 곳 찾는 노구였다오.

겹쳐오는 외로움에
방황하는가?
삭풍 앞에 흔들리는 활엽처럼
석양 맞는 몸짓도 낯설어진다.

봄 기다리며

아쉬운 듯 뒷모습
보이며 겨울이 간다.

녹은 눈 사이로
화폭에 그림 그리듯

생명 토해내는
대자연의 오케스트라인가

봄 그리는 마음이
벌써부터 즐겁다.

어느 6월의 바닷가

유월 하늘,

냉기 가시지 않은

바다는 말없이 잔잔한데,

발밑은 정강일 훑는다.

한적한 바닷가 모래성 쌓으라며

널찍이 내줄 것 같던 썰물은

사나운 모습 보이며

코앞을 달려오고

앉은자리 표고는 눈 밑이건만

먼 수평선 끝자락은

썰물을 준비하는지,

높이 서 있다.

게으름

일 싫어 누울 땐, 없는 일도 걱정했지
쉬는 날 기분 좋아 반가이 맞다가도
번번이 반복했나, 그것마저 싫어진다.

산 능선 버티며 앉아 갖은 풍설 겪는
천 년 사는 주목 한그루의 삶이어도
비, 바람에 햇볕 하나 흘리지 않는다니

게으름도 내 인생 당당한 한쪽인데
좋았던 순간만 애타게 그리워하네.
매번 갖는 아쉬움, 습관 안 될까 몰라

폭 염

무더우니 힘 드는 건지
늙어 더 힘 드는 건지
덜 먹고 덜 움직였으니
더위도 숨 고를 법하건만

동네에 용광로 쏟아부었나
밀고 들어오는 찜통 열기가

정신줄 놓을까
노심초사하는
노구를 뭉개며,
두루 신이 났다.

또 다른 시작

잠깐 온 길 돌아본 듯
우물쭈물하며 보니, 어느새
해 바뀌는 곳까지 왔나 보오.

무엇을 했느냐? 묻거든
침묵하구려.
그게 더 편할 터이니.

다만 변명하고 싶다면
서둘러야 할게요.
밤새워 얘기해야 하니까.

새해엔 더 잘할 생각이라면,
그 희망을 위하여
다시 한 번 파이팅 하구려.

나를 아는 모든 이와 함께.

동행

보이지 않는
영혼의 선도에,
말없이 침묵해온
육신이었네.

머리에 틀고 앉아
평생 주인 행세해도,
팔자에 그런 줄 알고
순종만 해왔지.

한순간을
눈 맞춰 본 적 없어도,
내 몸처럼 챙겨주건만
늘 뒷짐만 지고 있는 걸.

MAIL

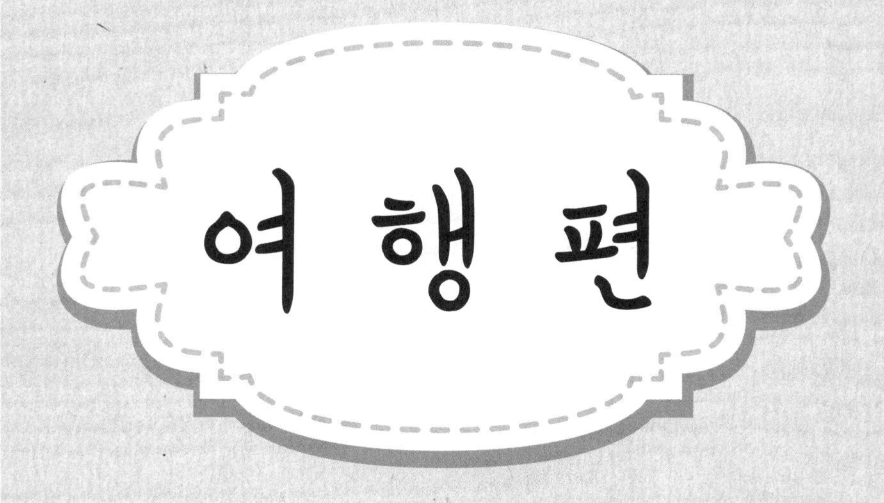

여행 편은 비록 많은 곳이 아니지만, 작정하고 나서기는 했어도 대부분 시간 제약이 있는 입장이라, 주의 깊게 보기보다 일과성으로 본 것이 많다. 깊이 있는 여행이 못되고, 스쳐 지나가는 정도의 여정이다. 예정이 빗나가도 융통성 있게 대응할 수 있는 편리한 점은 있었다. 다만, 고령의 연배가 겪을 수 있는 단순한 여행기로 기술하고 싶었다. 부족한 부분을 보완한다며 애는 써봤지만, 발이 조금 느린 부분에 대하여 이해를 구하고 싶다.

지리산 종주

첫날

막연하게나마 지리산을 종주하고 싶은 마음을 갖던 중, 여행사를 통해 S 친구와 시간이 맞아 실행하게 되었다. 2010년 6월 7일 밤 11시에 출발한 버스로 5시간 만에 도착한 성삼재는 어둠이 가시지 않은 새벽 4시 경이다. 안전상의 문제로 입산이 조금 늦어지는 눈치다. 여명이 되자 지리산 종주의 첫발을 딛는데, 잠을 설쳐 그런지 발길이 무거운 것처럼 느껴진다.

노고운해라 불리는 곳에 닿으니 5시 무렵인데, 꽤 많은 사람들이 이곳저곳에 자리 잡고 앉아 식사하고 있었다. 그들 틈에 앉아, 버너로 밥을 데워 식사한 다음, 여행사 리더에게 선두 출발을 전하고 걸음을 옮기니 5시 반이다. 이정표에 나타난 이곳 노고단은, 성삼재에서 2.7킬로 거리에 있으며, 임걸령까지는 3.2킬로 거리다. 숲은 등반진입로가 눈에 잘 띄지 않을 정도다. 자칫 놓치기 쉬운 부분도 있지만, 부지런 떨어 울창한 숲길이 선글라스가 구태여 필요하지 않을 만큼 그늘을 잘 만들어 준다. 틈틈이 시계(視界) 트인 절경을 훔쳐보며 임걸령 샘에서 갈증을 풀었다.

주위를 둘러볼 땐 절경도 절경이지만, 능선에 압도당하는 기분이다. 가쁜 숨을 몰아쉴 무렵 노루목이 반긴다. 흐르는 땀을 닦으며 도착한 곳은 날라리봉이라고도 부르는 삼도봉이다. 전라남북도와 경상남도 접점을 가리키는, 삼도 표시의 쇠붙이가 하얗게 닳아 있다. 한 손으로 3도를 점령하는 기분, 내 발로 밟아보며 느끼는 또 하나의 희열이었다.

낙조가 일품이라는 반야봉이 이곳에서 2킬로를 더 가야 하는 갈림길이다. 여행사의 계획대로라면 화개재에서 점심 식사를 해야 하는데, 그곳엔 물도 없고 도착 예정시간도 10시다. 물이 없으면 식사를 못 할 판이니, 목표를 수정해서라도 연하천 대피소까지는 가야 한다. 길도 순탄한 것 같고 컨디션 또한 상큼해서 대피소까지 4.9킬로 남았지만, 12시 정도면 무난히 도착할 수 있을 것 같다.

화개재에서도 뱀사골 갈림길이 있어, 길을 잘못 들어서면, 이야기가 복잡해진다. 갈 길이 멀수록 힘이 받쳐줄 때, 목적지를 단축해 놓아야, 진행이 어려울 때 일행들과 보조를 맞출 수 있겠다는 생각을, 염두에 두게 된다.

이 나이에 도전이라는 용어가 썩 어울리지는 않지만, 지리산종주를 하는 나의 의미는 자신의 발견과 자신감, 그리고 작은 소망 같지만 지리산 종주였다. 토끼봉을 거쳐 연하천 대피소에 닿으니, 12시 반이다. 산행거리가 조금은 벅찬 듯해도, 대단히 멋진 코스가 아닌가 싶다.

울창한 숲으로 시계(視界)는 막혀있고 조망도 대부분 가려있지만, 그것이 오히려 살아 숨 쉬는 자연을 알뜰하게 음미할 수 있도록 해주었다. 군데군데 반달곰이 나타나는 지역임을 경고하는 안내문은 이를 더욱 실감 나게 해주었다. 대피소에 도착한 뒤, 식사준비를 하며 시간을 보니, 1시를 턱걸이한다. 반찬을 챙기고 있는데, 단독산행을 하는 안양 박형과 우연히 합석하면서 간단한 인사로 동행이 되었다.

숙박이 예약되어있는 벽소령까지는 여기서 3.6킬로 정도 거리에 있으니, 시간적 여유가 좀 있구나 싶은 생각에 친구가 가져온 복분자술로 간만에 여유 부리듯 기분을 내본다. 밥은 약간 설어 맛이 별로였지만, 멋진 풍경과 고락을 함께하는 친구가 있으니, 넘기는 술이 예사로운 맛이 아니다. 출발하려는데 여행사 일행이 도착한다. 자리를 내어주며 첨병 임무를 받은 듯 인사하고 다시 길을 나서는데, 마음이 느슨해져 그런지, 부드럽던 발걸음이 조금 무거워지는 것 같다. 산행 속도 역시 눈에 띄게 느려지는 것이 느껴진다.

형제봉을 지나자, 산사태라도 있었던 것처럼 순탄하던 길이 갑자기 잡석 길로 바뀌었고, 벽소령 전방 2킬로 정도를 남겨놓고 친구가 발을 헛디디면서 발목인대에 문제가 생긴 것 같다. 지리산 종주 첫날에 생긴 최대의 위기다. 여기서 중단하고 그냥 상경하느냐, 계획대로 종주하느냐 하는 갈림길의 구간이 된 셈이다. 벽소령의 지루하고 껄끄러운 돌밭 길은 쉴 새 없이 이어지고 있었다.

아마도 지리산 종주구간 중 최악의 구간이라면, 형제봉에서 벽소령 가는 코스가 아닌가 싶다. 4시 20분이 되어서야 겨우 벽소령에 당도했다. 걱정하던 마음이 조금은 안정된다. 이제부터는 충분한 휴식이, 필요했다. 일찍 식사를 마치고 휴식을 한다며 코펠에 쌀을 씻어 넣으니, 친구가 뚜껑 위에 묵직한 돌을 올려놓는다. 고지대에서 설 익은 밥을 먹지 않기 위해 터득한 노하우다. 국 대용으로는 물에 고추장 풀고, 햄 썰어 수프와 함께 넣고 끓을 때 라면을 넣으니 천하 별미가 따로 없다.

아침에 더 보아야 알겠지만, 친구의 표정에서 종주 의지가 분명히 있는 것 같았다. 벽소령대피소에 있는 샘은 7, 80m 아래에 있어 물 이용하는 것도 쉬운 일이 아니다. 급수 문제로 화장실이 재래식인 것은 당연한 일이다. 암모니아 냄새가 나는 것도 참을 수 있다. 그러나 물이 바뀌면 탈이 생기는 내 체질은 어쩔 수가 없었다. 그렇지 않아도 고생하는 발에 반복해서 통증을 얹어주는 꼴이 되고 말았다. 기압이 따로 없으니 다리에게 미안한 생각마저 든다.

대피소는 저녁 9시에 소등을 하는 모양이다. 따라서 취침 시간도, 앞당겨지는 셈이다. 벽소령 밤하늘을 가득 메우고 있는 별들이 아주 아름답다. 오랜만에 보는, 북두칠성도 나에게는 감동이었다. 맑고 쾌적한 공기는 보너스다. 명월의 아름다운 밤이지만, 벽소령 대피소 실내는 고성능 코 골기 음악회를 열었지만, 세상 모르고 잠에 빠져들었다.

둘째 날

해발 1,499m에서 밥 해먹고 별을 보며 잠들던 벽소령 새벽은 고단한 몸인데도 4시쯤 되니 눈이 떠진다. 휴게소의 밤 9시 취침 덕에 시간상으로는 충분한 수면이 되었지만, 취침 중간중간 고약한 굉음(?)에 시달리느라 좀 설치기는 했다. 그래도 새벽공기가 답답한 가슴을 시원하게 훑으며 지나간다. 장터목 대피소에서 점심을 할 계획인데 친구의 산행속도가 변수다. 혹여 늦어지면 천왕봉 하산 길에 차질이 염려되어 아침을 서둘며 시간을 보니 5시다. 연하천 대피소에서 점심먹을 때만 해도 천왕봉에서 로터리 대피소가 아닌, 중봉으로 방향을 바꾸자고 했던 것이다.

차밭목 대피소에서 대원사로 방향을 잡아 가장 긴 지리산 종주로 마무리할 계획이었는데, 포기할 수밖에 없는 것이 조금 아쉽다. 엊저녁엔 간단한 양치로 고양이 세수를 했지만, 신선하고 상쾌한 공기가 세안을 해주는 것 같다. 16킬로를 다닌 전날에 비해 오늘은 장터목 대피소까지 13킬로 거리임에도, 친구의 발목부상과 쌓인 피로로 진행이 더디다. 덕평봉의 선비 샘에서 오랜만에 세면도구를 골고루 써보니 기분이 새롭다.

샘 위에 돌무덤으로 된 묘가 있는데, 유래가 재미있다. 출신이 비천한 무덤의 주인공은 선비에게 고개 숙여 인사받아 보는 것이 소원이었다. 자식들에게 내가 이다음에 죽으면 반드시 이곳에 무덤을 만들어 놓으라 유언했단다.

결국 산을 지나는 선비들이 이 샘물을 쓰자면 본의 아니게 머리를 숙여야 되니, 아버지는 그들에게 절을 받는 꼴이 되었고 죽어서 그

소원을 푼 셈이다. 영신봉은 1,650m의 높은 산세 때문에, 주변 경관이 잘 관찰된다. 세석 대피소 부근에 이르자 철쭉꽃이 만개하여, 마치 철쭉꽃 축제를 하는 기분이다. 대피소에는 디젤 발전기가 돌고 있어, 매연이 코를 찌른다. 소위 청학동이라 부르는 곳도, 이곳에서 내려갈 수 있는 것 같다. 세석 평원을 오르니, 생태보호구역 같은데, 보전이 잘 되어 있는 것 같다. 해발 1,703m를 넘는 곳에, 위치한 촛대봉의 기암괴석도 주변 경관과 썩 잘 어울린다. 촛대봉에서 보는 조망은, 시계(視界)가 사방으로 트여있고, 맑은 날씨 덕분에 이곳 지리산 속살을 원 없이 본다.

저 멀리 산자락 밑 계곡에 자리 잡은 함양, 산청의 작지 않은 마을이 자연의 일부인 양 잘 어울렸다. 나로호 발사일정과 종주 일정이 중복되어 그런지, 산행 기간 중 날씨 덕을 많이 보는 것 같다. 계절도 이 무렵이 가장 무난한 것은, 기온 차가 심하지 않고, 비박도 가능하기 때문이다. 젊은이들이 비박용품을 휴대하며, 종주하는 것이 이따금 눈에 띈다. 산행 중 일사병 예방을 위한 방법으로 틈틈이 미네랄 소금을 입에 털어 넣고 있다. 전망 좋고 코스도 무난한 연하봉을 지나, 나올 듯 나올 듯 보이지 않던, 장터목대피소에 도착한 것은, 오후 1시경이다. 대피소로는 위치상으로 아주 적합한 곳 같다.

이곳은 소지봉을 거쳐 백무동으로 가는 길이 있고, 천왕봉을 보면서 우측으로는 우리가 내려가려는 방향으로 조난이 비교적 많이 생긴다는 유암폭포와 영천폭포로 내려가는 갈림길이 있다. 대피소에서는 대부분 밥을 서서 먹을 수밖에 없는데, 취사장의 특성상 의자가 있으면 자리순환이 잘 안 된단다. 그렇다고 밥하느라 뜨거워진 버너와 코펠을 들고 자리 옮기는 것도 번거롭다.

아무튼 힘들게 산행한 뒤여서 앉아 먹었으면 피로도 좀 풀릴 텐데, 서서 먹으니 불편하기는 했다. 천왕봉은 이곳에서 1.7km 지점에 있었다. 좀 가파른 편이지만, 산행 종심이 길다 보니 처음부터 산행코스와 방향이 같은 사람들끼리 앞서거니 뒤서거니 하며, 천왕봉까지 여러 차례 접촉하면서 저절로 인사가 나오는 것도 인상적이다.

드디어 통천문(通天門)을 통과하며 천왕봉에 도착했다. 천왕봉 기념석(記念石)에는 '한국인(韓國人)의 기상(氣像) 여기서 발원(發源)되다.'로 새겨있었다. 일단 우리나라 내륙에서 가장 높은 곳에 내가 서 있다고 생각하니 뿌듯했다. 여기서 중봉 쪽으로 1km 정도 내려가면 갈림길이 나오고, 우측으로 써리봉을 거쳐 차밭목 대피소로 가면, 대원사 밑에 있는 유평리까지 가장 긴 종주를 할 수 있다. 조금 전에 지나온 1,709m의 세석대피소 옆 백두대간의 촛대봉과 중봉에서 촛대능선을 연하고 있는 1,474m의 촛대봉이 있는데, 촛대봉 능선과 백무동 능선 사이에 있는 곳이 칠선계곡이다.

얼마 전 생태보전기간이 끝나 지금은 부분 개방을 하고 있는데, 대한민국에서 가장 긴 계곡 하면 설악산의 천불동 계곡과 한라산 탐라계곡, 그리고 이곳 지리산의 칠선계곡을 꼽는 모양이다. 친구가 지금까지 소중하게 지고 다니던 방울토마토를 천왕봉 기념비 옆에서 먹는 맛은 감회와 감격을 보탠 명품식보(名品食補)였다. 천왕봉에서 찍은 사진을 집사람에게 전송하고, 로터리 대피소로 방향을 잡아 하산하며 시간을 보니 오후 4시를 지나가고 있다.

거리상으로는 2km밖에 되지 않지만, 내려가는 길을 친구가 힘들어 하니, 가뜩이나 길도 나쁘지만 가파르기까지 해서 여간 조심하지 않으면 안전사고를 일으킬 우려가 있었다. 로터리 대피소에 도착한 시간은 저녁 6시가 넘어서였다. 법계사가 옆에 있어 그런지 산중이건만 가까운 동네에 와있는 느낌이다. 백소령 대피소와 전혀 색다른 분위기일 뿐 아니라 조용하고 아늑했다.

남해안 둘레

첫날 : 아! 목포

W 친구와는 평소 우정도 두텁지만, 산행이나 마라톤을 하면서 서로를 너무 잘 알고 지냈다. 건강이 늘 받쳐주는 것도 아니니, 더 늙기 전에 열흘 정도 기한을 잡아 남해안 둘레길이나 한번 다녀보자며 운을 띄웠었다. 아침에 출발해서 저녁에 도착하는 것보다, 밤에 출발해 무박하며 하루라도 시간 아끼자는 둥 출발 시각까지 각오를 다졌다.

드디어 13년 4월 29일 밤 11시에 용산역을 출발했다. 열차가 정읍을 지나고 있을 때, 서로 싱긋 웃는다. 우연이지만 우리는 사돈집도 서로 정읍이다. 그래서 우정이 더 배어나는지 모르겠지만, 친구와는 공통점이 많다. 어쨌거나 장성, 송정, 함평을 지나 도착한 목포는 새벽 한밤중이다. 우리는 다시 택시를 타고 어둠을 가르며 여객선터미널에 도착했지만, 배는 7시 반이 첫 배였다. 간단히 식사를 마치고, 시설 좋은 터미널화장실에 들어가 고양이 세수로 물 혜택까지 받고 나니, 대기실의 따뜻한 전기 온돌이 사뭇 대견스러워지는 중이다. 아침 내내 날씨는 잔뜩 흐려 있었고, 배편도 여의치 않아, 섬 몇 개를 돌아보는 것으로 만족할 수밖에 없었다.

2일째 : 완도

섬 여러 곳을 순회하는 8시 반 배를 타기로 하고 제일 처음으로 닿은 '외달도'는 평화롭고 고즈넉해 보였다. '율도', '달도' 몇 곳을 보고 난 다음 여객선터미널에 도착할 무렵, 버스정거장으로 들어오는 관광버스가 있어 눈여겨보니 시내버스다. 외형이 화려하고 곱게 채색되어 있다. 완도는 다리로 연결된 섬 아닌 섬이었고, 활기차 보이는 거리의 첫 모습도 꽤나 인상적이다.

섬이거니 하며 내린 곳은 번화한 도심 한복판에 온 착각이 들 정도였다. 도로를 잔뜩 메운 차량에서도 예사로운 섬이 아님을 느끼게 한다. 젊은 사람이 유독 많아 물으니, 외지인이 원주민보다 많다는 기사의 말이 사뭇 의미 있게 들렸다.

장보고 축제도 5월 3일부터 시작되는 것 같다. 식당에서의 메뉴는 선택의 폭이 좁고 값도 7천 원으로 통일돼 있었지만, 음식 맛은 소박하면서 정갈하고 맛나다. 식사로 힘을 낸 뒤, 장보고 기념관을 본 다음, 장도 청해진 유적지 누각에 올라보니 주변이 일거에 트여, 망망대해가 한눈에 들어온다. 장보고 장군이 용장에 지략을 갖춘 것은 알겠는데, 청해진을 요충지로 정해놓은 걸 보면 풍수에도 뛰어난 사람이 아닌가 싶다. 주변이 넓고 아늑해 적당한 장소를 다니며 침낭과 천막을 이용해서 비박을 해보려고 애를 써보았지만, 공원화된 관광지여서 마땅한 장소가 없었다. 결국 포기하고 찜질방에서 하루 묵기로 했다. 내일 강진의 여정을 위해 일찍 잠을 청해본다.

3일째 : 강진

이곳 강진, 장흥 구간에서 운행하는 버스들은 대부분 K 고속인데, 지역 대중교통에서는 주류를 이루는 것 같다. 기사도 고향이 완도라며 자신을 소개하고, 지역 사람답게 완도자랑이 애틋하다. 스님의 누운 형상처럼 생겼다 하여 이름 지은 숙승봉(宿僧峰)에, 청정한 갯벌 자랑까지 입에 침이 마를 지경이다. 강진에 대해 묻자 잘 모른다며 침묵이다. 강진에 도착해 터미널에서 제일 가까운 영랑 생가를 보게 되었는데, '모란이 피기까지는' 시비 옆에 모란을 알뜰하게 심어 아기자기하게 다듬어 놓은 배려가 예쁘다. 다 보고 난 뒤의 느낌은 예향의 도시라는 단어를 떠올리게 하는 것 같았다. 나오면서 다산의 유적지를 보기 위해 망호 가는 버스를 탔는데, 백련사 입구까지 실어준다.

초파일을 준비하는 절 풍경을 보며, 다산초당으로 넘어가는 길에서 고풍 서린 유적을 본다. 다산이 '정석(丁石)'이라는 글을 직접 새겨 넣었다는 작은 바위 옆에 앉아 보았다. 잠시지만, 수많은 생각들이 우리 역사와 겹치면서 상상 되는 것 같다.

파란만장했던 다산의 유배생활이 낳은 소중한 자취들을 뒤로하며, 장흥 떠나기 전에 둘레에서 가장 짐스러워했던 침낭과 천막을 서울로 택배 시키고 나니, 몸이 날 것 같다. 왜 진작 안 했나 싶은 마음과 사전정보와 준비 없이 길을 나선 우직했던 행동에 서로 얼굴을 쳐다보며 웃는다. 그 웃음은 이제부터의 여행이 재미있어질 것 같아 기대되는, 만족스러운 표정이 아닌가 싶다.

4일째 : 소록도

장흥에서 '정남진'으로 가보고 싶었는데 터미널에서는 관련된 정보가 없고, 나중에 알아보니 차편도 없었다. 보성으로 방향을 잡았으나, 이곳도 터미널에서 얻을 수 있는 정보는 빈약했다. 보성 녹차 밭은 가족들과 함께 와본 적이 있지만, 뉴스를 통해 전하는 소식에 의하면 날씨 때문에 작황이 좋지 않았던 모양이다. 그렇게 보아서 그런지 시내가 약간 쓸쓸해 보인다. 한참을 돌아보아도, 관내에 관공서를 이곳저곳으로 분산시켜 차분함이 넘치는 것 같다.

보성을 뒤로하며, 꼬막으로 유명할 뿐 아니라 벌교에서 힘자랑 말라는 곳도 아쉽지만 뒤로하면서, 고흥을 거쳐 소록 도로를 들어섰다. 구름 한 점 없는 쾌청한 날씨는, 이제까지의 피로를 말끔히 씻어주기라도 할 것처럼, 상쾌했다. 바다가 가까운 것도 그 이유겠지만, 파도 칠 때 발생한다는 음이온 영향 탓도 있지 싶었다. 소록도는 서러움을 인내한 곳답게 단정하고 깔끔함이 돋보였으나, 길을 안내해주는 관계자들 표정에서 왠지 모를 배타적 풍모가 느껴지는 것 같다. 일제 때 지은 건물도 아직 남아있는 것 같았다. 맑은 공기, 깨끗한 환경은 어떤 병이라도 완치될 것 같은 기분이 들었다.

화초 단지가 꽤 넓었지만, 중앙공원과 구라탑(求癩塔) 주변 조경이 평범한 수준을 넘는 것 같다. 명품수목원을 보는 것 같아, 오래간만에 눈이 호강한다. 이곳도 교통편이 나빠 녹동에서, 지역의 별미라는 장어구이를 맛보며 여독을 풀었다.

5일째 : 나로 우주센터

계절의 여왕이라는 이 시기에는, 대부분 지방자치도시가 그런 것처럼, 남쪽지방에서도 대부분 축제가 시작되는 것 같다. 7일 담양축제가 시작되고, 오늘부터는, 장보고축제도 완도에서 벌어진다. 고흥을 거쳐 우주센터로 가는 차편이 바로 연결되면서, 굽이굽이 도는 예사롭지 않은 길을 간다.

우주과학관 입구를 들어서자 깔끔한 발사대 기념탑이, 다른 세계인 것 마냥 눈에 들어온다. 4D 동영상 상영관에서는, 마치 롤러코스터를 탄 것 같이 의자가 흔들리고, 관람석 주변까지 바람이 불면서 한동안 역동적인 기분이 된다. 3D 상영관에서도 이무기 같은 괴물이 달려들 때의 섬뜩함이 기억에 남는다. 심장 약한 사람의 입장을 통제하는 이유를 알만했다. 우주과학관은 꿈나무들이 호기심을 일으키기에 충분했고, 우주선도 실물처럼 만들어 놓고 흥미를 유발하도록 해놓은 것 같다.

계획대로라면 다음 갈 곳이 순천이지만, 박람회 일정으로 몹시 붐빌 것 같아 평일로 방문일정을 바꾸면서 여수로 향하는데, 그러자면 다시 고흥, 벌교로 온 길을 다시 나가야 된다. 그것을 피해 나로항에서 배를 타고 게걸음 식으로 여수행 길을 잡았는데, 마침 배 시간이 연결되었다. 도착한 여수도 400년 전 전라좌수영본거지였던 진남관을 근거하여 발전시킨 진남 축제가 벌어지고 있는 중인데, 열기가 뜨겁다. 우리도 포장마차에서 축하 분위기에 동참(?)했다.

6일째 : 백운산

여행코스가 반도에서 섬으로 고흥에서 여수로 게걸음 식 이동을 하다 보니 여수에서 이순신대교를 지나 광양으로 가는 배를 타고 건널 때는 짜릿함까지 느껴진다. 덕분에 광양에서 백운산을 보고 싶어 했던 기회도 모처럼 얻었다. 멋진 산이지만, 광양시는 백운산 정기 운운하며 산세를 자랑하였음에도, 산에는 이정표 붙어있는 곳이 없어 조금 당황했다. “피할 수 없으면 즐겨라!”라는 말처럼, 시민이 산행을 마음 놓고 할 수 있도록 길 안내 이정표는 필요하지 싶다.

광양 백운산은 100대 인기 명산으로 ‘한국의 산하’에 올라있는, 지명도 있는 산으로 알고 있기에 더 그랬다. 이번 여행을 통해 느낀 것은 일단 여행의 진미는 배낭여행이다. 낭만적이고, 여유로우면서, 경제적 측면까지 고려되는 뛰어난 취미활동이 아닌가 싶다. 그래도 비박은 사전에 충분한 정보가 필요해서, 이 부분을 소홀히 하는 것은 경험이 많다 해도 적절하지 않았다. 2~3일 정도의 비박은 별 문제 아니지만, 나이 들어 여행하면서 경험에만 의지한 채 열흘의 기간을 실행에 옮긴다는 것이 아마추어적 발상이었음을 깨달아 가고 있는 중이다. 여행 중 우리 또래 배낭족들을 간혹 보지만, 우린 걷기 위주의 배낭여행을 너무 가볍게 본 것 같다. 참고로 우리의 여행 소요경비는 하루 숙박료(2인 1실) 4~5만 원, 교통비 3만 원 안팎, 그리고 식대 4만 원, 이렇게 대체로 평균 10여만 원 정도로, 경제적인 여행을 한 것 같다.

7일째 : 순천

젊고 활기찬 도시라는 생각이, 광양시를 들어서며 느낀 소감이다. 도시에서 쾌적하고 상쾌한 공기를 맞는 아침도, 신기했다. 광양시도 대중교통을 이용하는 외지인에게는, 시외버스터미널로 하동 가는 차편이 조금 불편했다. 터미널이 중심가에서 좀 떨어져 그런 것은 아닌지 모르겠다. 순천행 차표를 사면서, 그곳에서 방을 못 구하면, 찜질방에서라도 하루 묵을 생각 하며 순천역에 내렸으나, 한번 와본 곳이라고 그다지 낯설지는 않다. 다행히 방을 구해 배낭을 내려놓고, 서둘러 순천 갈대밭을 찾았다. 나무로 잘 만들어진 통행로를 지나니 끝없이 넓게 펼쳐진 갈대와 드러나 보이는 갯벌이 반갑다.

지난번엔 갈대열차의 교통을 이용해보았으니, 이번에는 뱃길로 가보자며 표를 끊었다. 승선하려면 시간 여유가 좀 있다. 해서 용(龍)이 여의주를 잃어버리는 바람에 승천도 못 하고 이곳에 그냥 자리 잡고 누워버렸다는 용산 전망대를 올라가 보았다. 아기자기한 산행길이 정겹다. 전망대에서 바라보는 강과 바다의 어우러짐, 그리고 갈대밭 넓은 조망이 시원스러워, 광활한 시야 속에서 조화로운 풍광을 볼 수 있도록 도와준다. 배를 탄 기분도 새롭다. 바다와 강이 만나는 뱃길은 호주 먼 길에서 지금 막 도착했다는 도요새들이 모래톱에서 허기를 채우려는 듯 무엇인가 부지런히 쪼아 먹고 있다. 한쪽에서는 왜가리가, 지나가는 우리 배를 물끄러미 쳐다보고 있었다. 자연의 속살을 보는 느낌이다.

8일째 : 낙안읍성

남해 둘레길 답사도 이제 종반으로 접어드는 것 같다. 순천에서 세계 5대 습지와 정원박람회장을 거쳐, 낙안읍성을 부지런히 둘러본다고 아침 일찍 일어나 서두는 것은 부질없는 노력이다. 박람회는 9시가 되어야 입장을 시켜준다. 입구 일대는 사람들로 만원을 이루었고, 우리는 한국관부터 관람을 시작했다. 애를 쓴 흔적들이 이곳저곳에 느껴진다. 꼭 그러라는 법은 없지만, 국제정원박람회장은 친구 말처럼, 외국인 없는 국제정원박람회장 같았다. 그렇긴 해도, 순천시민들이 합심해서 세계 5대 습지로 만들어 놓았다는 것은 자랑할 만한 대단한 역사가 아닌가 싶다.

특히 조류와 동식물의 생태환경을 위해 지상의 전주를 모두 없앤 것은 획기적인 조치가 아닌가 싶다. 낙안읍성은 전통적 볼거리도 다양하고 꽤 세밀했다. 신랑 신부의 전통혼례 모습이라든지, 관아의 모습도 옛날 형상대로 볼 수 있게 만들어 사극 촬영지로도 손색없을 것 같다. 토기를 굽는 생활모습이나, 성내에 실제로 거주하는 모습을 보여주며, 옛 풍습대로 물고기를 잡고 농사 짓는 모습을 보여주니 친근감이 들어 보인다.

다만 대중교통으로 접근하는 연계교통이 불편했다. 1만 6천 원 하는 티켓 하나로 다른 관람 장소까지 볼 수 있게 한 것은 잘 배려한 것 같다. 세계적인 볼거리가 우리나라 순천에 있다는 것이 너무 흐뭇했고, 이곳이 오래도록 기억에 남는 추억이 될 것 같다.

9일째 : 남해

순천에서 이틀을 보내는 동안, 기상대에서 모레쯤에는 비가 올 것이라는 예보가 나온다. 그동안 비 한 번 맞지 않고 다녔는데, 잘하면 남해에서 궂은 여행이 될 것 같다. 비를 피하자면 하동 여행을 뒤로 미루고 예정했던 남해부터 답사하기로 계획을 바꾸었다. 먼 곳부터 보고 난 다음 올라가는 날에는 비 좀 맞아도 되지 싶었던 것이다.

터미널에서 남해 가는 버스표를 사고 난 뒤, 오랜만에 신문을 펼쳐 들었는데, 금융 공기업 연봉이 8천4백만 원이라는 기사가 눈에 들어온다. 신(神)이 내린 직장이라더니 그 말이 맞구나 싶다. 북한에서는 미 핵잠수함인 '니미츠함'이 입항했다며 맹비난을 하고 있었다. 그렇기는 해도 남해는 아름다웠다. 해안경치는 숨겨둔 비경처럼 곳곳이 절경이다. 연안의 다랑논이나 둘레 길 일부를 보고 느낀 소감은 천지가 바위뿐인 것도 그렇지만, 걷기도 힘든 경사진 곳에서 무엇을 이용해서 이토록 야무지고 견실한 논으로 만들어 놓았을까 하는 궁금증이다. 유배지로 알려진 남해를, 정성껏 관리해가며 알뜰한 농토로 지켜온 것이나, 이곳 선조들이 땀 흘려 고생한 흔적을, 이곳저곳에서 느끼게 해주는 것 같다.

서포 김만중의 유배자료에서도 그런 모습이 엿보였다. 내일 있을 관광은 오래전부터 가보고 싶어 했던 보리암으로, 금산의 멋진 바다 경치가 눈에 어른거린다. 청정지역에서 모둠 회와 매운탕으로 배를 채우며 남은 일정을 위한 내공(?)을 충전했다.

10일째 : 금산

보리암행 셔틀버스를 기다리느라, 터미널 낯선 의자에 한동안 앉아있었지만, 낯선 곳이 어찌 여기뿐이랴? 시시때때로 사 먹어야 하는 식당 음식도 낯설기는 마찬가지다. 새로운 잠자리에서 풍기는 묵은 땀내도 그렇고, 이제는 조금만 걸어도 피로가 몰려오는 것도 익숙하지 않다. 30여 분 달리며 오르는 보리암행 도로는 낙석지대가 많았다. 종점엔 보리암에서 운영한다는 마을버스가 있지만, 탑승손님이 얼마 되지 않으면 5, 6대가 있어도 꿈쩍 않고 7천 원에 태워주는 택시를 불러준다. 그러려니 하고 택시를 타고 올라가면 20분 정도를 더 걸어 올라가야 한다.

기념품 판매소를 지나 금산을 올라가 본 정상에는 봉화대가 오랜 세월의 풍화를 버티며 서 있다. 왜구 침략이 얼마나 극심했으면, 이런 곳까지 봉화대를 설치해놓았을까 싶어 안쓰러웠다. 내려오며 둘러보는 보리암은 사월 초파일의 꽃등이 화려하게 수를 놓아 그런지, 암자라기보다 아방궁을 보는 느낌이다. 가로질러 내려오는 하산 길도, 기암괴석 때문에 눈이 바쁠 정도로 볼거리가 이어진다. 특히 '쌍홍문'으로 불리며 두 개로 뚫린 굴이 있어 괴기스럽기까지 한데, 쌍홍문이라 명명해주신 분이 원효대사란다. 처음 시작할 때는 어설픈 출발이었지만, 결과적으로 멋진 여행이 되었고 다녀본 모든 곳이 오래 기억에 남을 것 같다. 모든 것이 함께 여행했던 친구가 있어 가능했던 일이고, 그래서 친구가 더 고맙다.

지리산 둘레길

1일 차

남해안 둘레를 다녀왔으니, 지리산 둘레도 한 번 다녀오자던 의견이, W 친구와 서로 일치했다. 15년 5월 1일 아침 센추럴 호남 고속터미널에서 남원행 고속버스를 탔다. 목적지에 도착하니 육모정 가는 버스는 고속터미널이 아닌 시외버스터미널에 있어서 코스출발점에서 꽤 떨어져 있다. 비교적 늦게 도착한 우리는 다시 택시를 타고 제1코스 인근으로 가서 6개 마을로 진행되는 이정표를 눈여겨보며 사방공사로 잘 다듬어놓은 주천을 출발했다. 1코스이니만큼 무난할 것으로 기대했던 우리의 예측은 빗나갔다. 한 시간 반을 줄 곳 올라가는 코스로 연결되면서 초반부터 지치게 했다. 그러나 1코스를 일단 마감해야 둘레 계획이 순조로워지기 때문에 무리해야만 하는 것이 조금은 부담된다. 첫 코스를 서두른 덕에, 14km를 무탈하게 완주할 수 있었다. 열흘간 일정을 무리 없이 끝낼 수 있을지를 우선 가늠해보았다. 변수만 없다면 산행 이력으로 볼 때 어렵지는 않을 것 같긴 했다. 하루 여정이 무사했음을 다행으로 여기며, 어둑어둑해지는 낯선 전라남도 운봉에서 첫날 저녁을 편하게 보냈다.

2일 차

2코스는 운봉에서 가왕(歌王) 생가가 있는 비전마을(황산대첩비지)과 옥계 저수지를 지나 인월까지 9.4km를 2시간 40분에 마치면서 여세를 몰아 3코스로 진입했다. 내일 기상대의 비 소식이 있어 서두는 것이다. 그렇기는 해도 산중에서 만나는 주막은 빼놓을 수 없었다. 산중 무인주막이 특이했고, 사람이 없으면서도 배려해주는 마음이 고맙다. 3코스인 장항마을에서 점심을 먹기로 하고 길을 재촉했다. 그러나 마을을 통과할 때까지 식사할 곳은 나오지 않았다. 공복이 되고 나니 산행속도가 빨라진다. 식사할 욕심에 걸음이 좀 빨라진 것 같아 얼굴에 웃음이 번진다.

장항마을은 당산 소나무와 소나무의 보호 신인듯한 '석상'이 범상치 않은 자세로 버티며 있다. 4코스는 경남 함양이 유일하게 갖고 있는 지리산 둘레길이다. 둘레 길에서 백미로 볼 수 있는 벽송사와 서암정사가 있는 금계~동강 코스는 벽송사의 지명도만큼이나 왕래하는 유동인구도 무척 많다. 서암 정사에 있는 석굴은 들어가는 입구나 주변 경관이 신비함으로 가득히 채워져 있는 듯했다. 보는 사람들로 하여금 묘한 위압감마저 들게 하여 나도 모르게 주눅이 드는 것 같다. 둘레를 하는 동안 이곳에서는 이정표를 잘못 보고 헤맨 곳이기도 하다. 그때 이후부터, 이정표를 찬찬히 살펴보는 계기가 되었다. 기상대 예보로 인해 여력이 있을 때 조금 무리해서 두 개 코스 반을 밟은 것이 무탈한 완주를 위해 부득이했던 일 같다.

3일 차

우천으로 둘레는 일단 멈추었지만, 강행군한 덕분에 시간적 여유는 조금 생겼다. 그래도 진행방향에서 가깝고, 숙식이 용이한 함양 시내 찜질방에서 시간을 보내기로 하고, 민박집을 나서는데, 9시의 징크스가 생겼는지, 이곳에서도 시간 펑크다. 어제는 제시간에 식사해주기로 철석같이 약속한 식당 아주머니가 식당 문 여는 시간을 어기면서 불발로 끝나는 통에 식사문제로 황당한 꼴을 입었는데, 오늘은 식당 주인께서 자상하게 알려준 버스 시간이 틀려버린 것이다. 결국 일찍 나오고도, 한 시간 이상을 허비해야 했다. 아무튼 날씨를 핑계로 둘레를 하루 쉬는 것은 비 오는 것이 싫어서라기보다 등산화가 젖으면 발에 문제가 생길 수 있기 때문이다. 모처럼 잡은 계획이 젖은 등산화로 발에 물집이 생기면 상처가 악화 될 경우 둘레계획을 중단하고, 서울로 올라갈 수밖에 없는 문제가 생길 수 있다. 해서 안전한 둘레를 위해 하루 정도를 찜질방에서 여유 있게 시간을 보내기로 의견을 모았던 것이다.

지방도시에서 무심히 생각 드는 것은, 사람이 그리 많아 보이지 않는 데 건물은 무척 많은 것 같았다. 처음에는 그것이 쓸쓸해 보이더니, 이제는 오히려 편해지는 것을 보면 나도 같은 정황으로 젖어드는 모양이다. 특별하게 다른 것은 없었으나, 터미널에서 시내를 걸으며 본 풍경은 세월이 잠시 멈춘 듯 고즈넉하고 평화로운 모습이다. 관공시설 앞에 잘 보존된 누각도 인상에 남는다.

4일 차

산청으로 들어서니, 중간 난이도 코스로 알려진 동강~수철에는 멋진 볼거리가 꽤 많다. 동강마을을 지나 멋진 계곡 언저리를, 힘들게 오르며 고동재에서 맑은 샘물을 마시고 나면, 지리산 천왕봉이 한눈에 보이는 산불감시초소에서 조감도를 본다. 사흘 뒤 면 지나가야 할 형제봉이 눈 안에 아득하게 들어온다. 이제는 거의 다 올라왔겠지 하면 또 오르는 길이 나오고, 그렇게 거듭 오르던 '쌍재'도 지나왔다. 내려가는 길은 보너스 같을 뿐이다. 숨겨놓은 듯했지만 그래도 그냥 지나쳐 갈 수 없는 상사폭포가 있고, 그렇게 산을 넘고 물을 건너고 나면 현대사의 아픔을 간직한 추모공원이, 또 하나의 슬픈 역사를 간직한 채 상처를 치유하며 앓는 곳이 나온다. 가장 큰 마을로 보이는 이곳 추모공원 주변이, 상가는 모두 번듯한데 식당 문을 연 곳이 없었다.

고스란히 점심을 굶는가 했는데 운이 좋았던 것은, 산청으로 넘어가면서 동의보감축제가 한창이어서 맛나게 만들어 파는 음식을 잘 먹었다. 마당놀이 공연까지 우리 둘레산행 시간과 맞닿아 서울에서도 손색없을 공연 한 시간여를 너무 잘 보았다. 사막에서 만난 오아시스처럼, 횡재가 따로 없다. 공연 내용도 전통결혼에서 비롯되는 사돈 간의 이야기를 맛나고 함축성 있게 구성해놓아 마음껏 웃었다. 이곳을 지나면서 고속도로 이정표에, 늘 함양산청으로 불렀던 곳에서 생각지도 않은 선물을 받은 것이 고맙다. 근사한 추억으로 오래 남을 것 같다.

5일 차

운리~덕산 구간은 백운계곡 명성만큼이나 경관도 빼어나다. 지리산계곡 물소리가 시원하게 울리는 곳에서 한잔 기울이고 싶은 마음에 무거운 것도 마다치 않으며 들고 온 막걸리를 친구가 꺼냈다. 흐르는 물에 발을 담으니 발이 시리다. 잔 기울이며 마시는 기분은 이태백이 부럽지 않고, 맛과 더불어 기(氣)사는 맛까지 배가(倍加)시켜주는 최고의 술맛이지 싶다. 맛나다고 불러주는 술, 많이는 못 하지만 막걸리를 좋아한다. 고개마루 부근에 자리 잡은 '마근담' 농촌체험마을을 지나가는데, 멋진 곳을 한 층 돋보이게 해주는 곳이다. 하지만 아스팔트 길이 많아 둘레 꾼과 뜻이 상충 될 수 있는 곳이기도 했다. 길 밑으로 숨겨진 물소리나 들으며, 내려와야 하는 것이 아쉽다.

덕산은 조선시대의 대학자이며 사상가인 남명 조식 선생의 기념관이 있는 곳이기도 하다. 9코스도 내친김에 '위태'로 발길을 주며 걸음을 옮겼으나, 역시 아스팔트 길이다. 지리산 둘레 길은 적지 않은 곳이 사유지로, 대부분 작물생산지라 농산물 건드리지 말아 달라는 푯말이 둘레 다니는 사람 마음을 안쓰럽게 했다. 생계 앞에 둘레문화를 빙자로 피해를 준다는 것은 결코 정당화될 수 없다. 밀도 있는 대화를 통해 최선의 상생이 될 수 있도록 방안이 마련되었으면 좋겠다. 그러고 보니 5일 차 8코스와 9코스는 낭만적이고 멋진 코스와 농민의 애로사항이 담긴 코스와의 경계선처럼 느껴졌다.

6일 차

중장기 둘레산행은 해 질 무렵 되면 도착지의 숙식에 대한 걱정이 크다. 도착한 '위태'라는 곳도 몇 호 되지 않는, 조용한 마을이다. 겨우 민박을 정해놓고 같은 방향으로 가는 둘레 꾼을 만났는데, 공교롭게 학교후배였다. 하루에 2코스, 3코스를 뛰면서, 여기까지 왔단다. 경찰생활 40년을 보낸 은퇴기념으로 동료와 둘레를 걷는 중이란다. 출발 무렵, 우리보다 속도가 빠른 것 같아 선두를 양보하고 뒤늦게 하동으로 출발하려는데, 주인장 하는 말이 '이 개가 손님들을 안내할 것'이란다. 따라오다 말겠거니, 하고 일단 길을 나서는데, 정돌이란 놈은 따라다니는 것이 아니라, 앞에서 안내를 한다. 우리가 멈추면 따라 멈추고, 길을 나서면 다시 앞서 가고, 그렇게 안내하며 가고 있었다. '정돌이 민박집'이라는 이유를 그제야 알 것 같았다. 대나무 숲 속에 흐르는 맑은 물소리는 둘레 길을 한결 가볍게 해주었고, 정돌이란 개는 쉬지 않고 앞장서며 간다. 개에게 산길 안내받아본 것도 처음이지만, 신기한 감동이다. 내리막길에서 우리가 조금 추월해나가자 그때서야 미련 없이 뒤도 안 돌아보고 돌아간다. 10코스에서 만난 청암 민박집의 한 아주머니도 정돌이란 개가 한밤중에도 사람을 안내하는 명견이란다.

청암면사무소 앞에서 맛본 매실 막걸리도 빼놓을 수 없는 맛 난 술 중 하나였다. 이곳 출발 둘레코스도 인도가 없는 길이어서 버스로 이동할 수밖에 없었다. 온전한 둘레 길을 위한 과정이려니 하는 생각이 들 뿐이다.

7일 차

서당~대축은 신촌재를 거치며 먹점재까지 임도를 따라 사유농지를 지나가야 한다. 이곳도 농산물 손 타는 문제로 걱정이 많은 것 같다. 입석마을을 들어서자 길목에 주막 간판이 있어, 잔 막걸리로 목이라도 축일 생각을 하며 메뉴판을 살펴보니 17시 이후에만 판매한다고 쓰여 있다. 이곳부터 산행이 오르막만 있는 형제봉 8부 능선이기 때문에 술까지 마셨다면 산중에서 비박하는 문제가 발생할 수도 있겠다 싶을 정도다. 둘레산행은 2시간 반을 줄기차게 올라갔지만, 내리막길은 나오질 않았다. 나중엔 더 참지 못하고, 입에서 육두문자가 폭발했다. 그러나 이제 와서 어쩔 도리는 없었다. 뒤돌아가기에도 이미 늦었기 때문이다. 나중에는 이정표까지 부실해지니 정상부근에서 은근히 걱정된다.

두 사람의 진을 거의 빼놓을 무렵 드디어 내리막길이 보이기 시작한다. 그렇기는 해도 내려오는 길 곳곳에 펼쳐놓은 사방공사는 말쑥했고, 산기슭 길목에는 바위에 뿌리를 내리며 자란 소나무가 있는데, 이것이 천연기념물로 등재된 '문암송'이다. 지역 주민들로부터 각별한 예우를 받고 있는 소나무로 보였다. 바로 옆에 자리 잡은 정자도 잘 어울리는 것 같다. 고생한 끝에 도착한 원부춘에는 식당도, 민박도 없었다. 걱정하며, 코스를 벗어나 보지만, 펜션뿐이다. 둘레를 한참 벗어나자 조그마한 민박집 간판이 보인다. 식사도 가능하다는 소리를 듣고 비로소 마음을 놓는다.

8일 차

민박집 아침상이 우리를 감동시켰다. 주인아주머니께서 영업과 상관없이, 정성 들여 주먹밥을 김으로 싸서 다섯 덩이나 담아 주는 것이다. 우리가 간밤에 추위와 싸우며, 한마디 해주려던 불만이 일거에 함구 된다. 경상남도의 후한 인심을 보는 것 같아 좋았고, 또 고맙다. 송정~오미는 난이도가 약하다고 해서 일단 평범한 코스로 보았는데, 팸플릿 정보와 다른 것 같다. 형제봉처럼 가파른 산행이 재현된 것이다. 공연히 약이 올랐으나, 형제봉 코스에 비할 바는 아니었으니, 아마 누적된 피로 때문이 아닌가 싶다. 구리재는 이순신 장군이 백의종군하던 고난의 길이었다. 적당한 장소에 의자가 있어, 아침에 민박집에서 내놓은 주먹밥에 즉석 주안상을 만들어 맑은 공기 안주 삼아 한잔 넘기며 잠시 감회에 젖어본다.

산행을 하며 내려가다 숨 좀 돌린다며 잠시 쉬는데, 정돌이 민박집에서 만난 후배를 또 만났다. 둘레 길에서만 네 번째다. 강강술래 인연이라고 웃으며 말했지만, 그야말로 기막힌 인연이 아닌가 싶다. 굽이치는 여울목은 곳곳을 흐르고, 대나무 숲 우거진 하산 길은 여울목 물소리와 대나무 스치는 바람 소리와 함께 오붓한 자연의 정서를 원 없이 만끽하게 해준다. 오미마을은 아흔아홉 칸의 '운조루'로 불리는 전통가옥이 있어 새로운 호기심을 자극했으나, 관리가 필요한 고옥처럼 보였다. 그래도 민박 손님을 행랑채에서 받으며 입장료도 천 원씩 받고 있었지만, 고택 유지에는 부족한 것처럼 보인다.

9일 차

열흘 정도 걸쳐 둘레를 다니며 쌓인 피로가, 몸을 무겁게 하는 것 같았다. 그래도 안전관계상 버스를 이용하게 된 것이 결과적으로 10일의 둘레를 가능하게 한 부분이 있기는 했다. 그러나 이러한 길도 용이한 것만은 아니다. 알려진 지점에 교통 시간 정보가 없어, 발만 동동 구르다가 하는 수 없이 인도 없는 도로를 걸을 수밖에 없는 일도 간혹 생기기 때문이다.

힘든 길, 가파른 길도 있지만, 멋진 볼거리가 요소에 자리 잡고 있어 편한 마음이 되면서 둘레의 묘미로 빠져들기는 한다. 특히 산중 둘레 길목에 자리 잡은 '갤러리 마을'은, 산속에서도 근사하게 만들어 놓고 사는 사람이 있구나 싶게 가꾸어놓은 멋진 마을이다. 마음 같아서는 그중 한 곳에서 차라도 한잔 마셔보았으면 하는 마음도 가져 보았던 곳이다. 산 중턱에는 공공기관에서 시공하는 것으로 보이는 자연생태공원도 공사 중이긴 했으나, 완성되고 나면 볼만한 그림이 될 것 같아 기대된다.

지역 사람도 좋겠지만, 둘레 하는 사람들의 마음도 즐겁게 해주는 준비 작업 같다. 둘레 길의 마지막 밤은 춘향전 축제가 한창인 남원에서 보냈는데, 광한루의 풍성한 볼거리가 피로에 젖은 여행객 마음까지 들뜨게 하는 것 같다. 축제장은 관광객과 시민들로 붐비는 속에 성황리에 열리고 있는데, 오랜 전통을 가진 축제처럼 보인다. 시내를 흐르고 있는 '요천변' 산책로와 자전거도로도 잘 정돈되어있어, 보는 이의 마음을 한결 편하게 해준다.

10일 차

시작과 끝의 마무리로 육모정을 보고 난 다음에 시간이 허락하면 구룡폭포를 밟아 보기로 하고, 8시 반경 남은 시간을 아껴가며 최선을 다해 걸었다. 이 길도 인도는 빈약했지만, 좋은 마무리를 위해 조심해서 걷는다.

꽤 많이 왔다고 생각했는데, 이정표를 보니 육모정까지는 아직도 5.1km가 남았다. 서울 가는 버스 시간이 12시다. 최소한 10시 이후는 교통 불편을 감안해서 반환해야 한다고 생각하자 보폭이 점점 빨라진다. 20개 코스 274km를 마무리하는 중이다. 비록 대중교통을 이용하면서 못 보고 지나는 길도 많이 있지만, 어느 정도는 목표는 달성한 것 같아 만족한다. 육모정 입구에서 호경마을 지나는데, 아스팔트 길임에도 숲이 우거지니 둘레를 걷는 기분이다.

전북유형문화재 육모정 유적이 언덕 위에 아담하게 자리 잡고 있다. 시간을 보니 구룡폭포는 답사가 조금 무리인 것 같아 생략하고, 오르던 길을 다시 내려오며 마을에 사는 한 어르신의 말씀을 듣는다. “주천 둘레 1코스는 잘못된 길이다. 둘레 코스는 구룡폭포를 경유해야만 진짜 지리산 명소를 보는 것이라고 할 수 있다.” 드디어 시작과 끝 지점인 주천이다. 그동안에 느낀 것은, 코스 도착지점, 교통 안내가 잘 개시되어있지 않아 아쉬웠다. 초행자들이 당황하지 않도록 코스별 도착지점에 전화 상담을 할 수 있는 안내판 설치가 필요하다는 생각이 들었다.

동북해안과 주산지

대진항

동해안 도로를 따라 부산까지 여행 한번 다녀오기로 세 명의 친구들 간에 운을 띄웠던 적이 있다. 이런저런 사정으로 미루어지던 중 3, 4일의 일정으로 상황을 봐가며 여행하기로 하고, 14년 10월 28일 출발했다. 38선을 넘나들 때마다 낯설고 묘한 기분이 들기는 했지만, 부지런히 찾아간 대진항의 풍경은 예상대로 해안철책을 보면서 멋진 낭만을 느껴보기에는 분명히 간격이 있어 보였다. 나름대로 깨끗하고 아담한 항구였다는 것이 인상에 남을 뿐이다. 막아놓은 철책선이 동심에게는 적지 않은 안정감을 주겠구나 하는 생각은 하면서도, 세계에서 유일하게 같은 민족끼리 대치하며 사는 국민이 갖는 입장에서 안타까운 마음만 한 겹 더 쌓인다.

연어가 들어온다는 대략적인 정보를 듣고 왔으나, 시간과 맞지 않아 포기하고 거진항으로 들어섰다. 고즈넉하면서도 넉넉한 바닷가에서 정서라도 느껴보려는 나그네가 이곳을 들어서며 새로운 것을 호기심 갖는 감정 한편으로, 어부들 일상은 이곳을 찾는 사람들이 어떻게 느껴질까? 궁금해진다. 밤새 바다와 싸우고 돌아왔지만, 그들은 다시 쉬지 않고 어망을 손봐야 하는 바쁜 손놀림이 보인다.

금강굴

늦잠으로 부스스해진 얼굴을 대충 씻고 부지런 떨며 신흥사의 내원법당에 도착했다. 거대한 통일대불 앞을 지나 권금성에 오를 생각으로 케이블카 매표소에 들렀는데, 평일인데도 표가 이미 매진되었단다. 한 시간 반의 시간 낭비를 피해서 비선대를 거쳐 금강굴 가는 것으로 방향을 바꾸면서 강한 듯, 부드러운 듯 바위를 다루는 장인도 울고 갈 천상의 예술품을 다양하게 품은 비선대를 지나간다. 변경된 목적지는 원효대사가 금강삼매경에서 따온 이름으로 지었다는 금강굴로 평소 산행을 틈틈이 해왔음에도 만만하지 않은 코스다. 금강굴 위치가 절벽 중간에 자리 잡은 암굴이어서 절벽 한가운데에 걸치듯 부착되어있는 층계가 평소 고소공포증으로 시달리는 내게 썩 내키지 않는 코스였지만, 언제 또 이곳을 오랴 싶어 내 딴에는 목숨(?) 걸고 무리 좀 했다.

어렵게 올라간 굴 입구에는 스님 한 분이 찾아드는 사람을 맞고 있었는데, 족히 서너 평은 되어 보이는 방을 들여다볼 틈도 없이 뒤에서 꼬리를 물고 올라오는 사람들로 자리가 비좁아지는 탓에, 모셔진 부처님도 보는 둥 마는 둥 하며 바로 내려와야 했다. 내려오는 길은 깎아지른 듯한 절벽 멋진 절경이 여기에 다 모인 것처럼 더없이 좋은 볼거리라고 옆에서 거들며 이야기해주지만, 옳게 한번 쳐다보지도 못하고 난간대만 바짝 잡고 진땀 빼며 내려온 기억이 머리에 오래도록 남는 산행이었다.

주산지

예정했던 남은 여정은 주산지, 구룡포, 울산을 경유한 다음, 부산을 반환하여 귀경할 생각이었다. 그러나 기상대로부터 비가 올 것이라는 예보가 있어 주산지를 다녀온 후 귀경하는 것으로 조정했다. 내비게이션 모니터에 나타난 주왕산 도로가 마치 엉켜진 실타래처럼 복잡했다.

아무튼, 명산 풍치로 잘 알려진 '주산지'에 도착해보니 수령 150년을 자랑하는 왕 버들이 여유로운 자태를 뽐내며 허리 아래를, 물속에 숨긴 채 품위를 드러내 보이고 있다. 이곳은 수달, 소쩍새, 솔부엉이가 산다는 야생동물 생태서식지로도 알려져 있고, 청송군민들이 꽤 아끼는 다용도 저수지인 것 같았다. 주산지를 내려와 빠듯한 시간을 계산해가며 다시 주왕산을 보너스로 등정할 때는 시계가 3시 10분을 가리키고 있었다. 3시간 이내에 내려와야 어둠으로부터 무탈한 산행이 될 것 같은 생각이 든다. 다행히 안내 이정표에 편도산행시간이 1시간 20분으로 되어있다. 반대편 방향으로는 와본 적은 있지만, 이곳으로 오르는 길은 가파르지 않고, 산행길도 정겹다. 웅장한 절벽과 장군바위에 아기자기한 산행코스가 더불어 즐겁다.

정상에 도착하며 시계를 보니 4시를 조금 넘는다. 원점회귀코스를 택하면 5시 무렵에 도착이 가능할 것 같다. 앞서거니 뒤서거니 하며 부지런 떨었던 덕이다. 산기슭에서 청송 막걸리에 곁들이는 맛 난 파전 맛이 일품이다.

울릉도 여행

묵호 여객선 터미널

13년 10월 28일 밤 11시 무렵, W 친구와 J 친구, 그리고 L 친구, 넷이 영동고속도로의 어둠을 가르며 '만남의 광장'에서 우동 한 그릇씩 챙긴 뒤, 차가운 밤 공기를 가르며 달렸다. 묵호에서 8시 20분, 울릉도로 출발하는 배를 타기 위해 부지런 떠는 노력은 계속된다.

찜질방에서 잠깐 눈이라도 붙인다며 3시경에 도착한 묵호의 새벽은 어정쩡한 시간이라 무박 할 수밖에 없는 입장이었고, 남은 시간을 찜질방에서 보내기로 하여 묵호 시내를 뒤지듯 다녔으나, 우리가 찾는 곳은 없고 난데없이 제주도에나 있을 법한 '도깨비 도로(道路)'를 발견하고는 그렇다, 아니다로 옥신각신하며 한 동안을 실속 없이 보내다가, 역 인근에 있는 '해장국집'에서 아침을 챙겨 먹으니 일단 에너지 충전(?)은 한 셈이 되었다.

여객선터미널 해우소(解憂所)에서 고양이식 기본 물질(?)까지는 아쉬운 대로 마쳤으니 이제는 배만 타면 되는데, 광장에는 한 시간 전까지 사람 구경조차 힘들던 썰렁한 곳이 어디서 그렇게 많은 사람들이 나왔는지 넓은 대합실은 짧은 시간에 초만원이 되면서 북새통을 이루 있었다.

도동

우리가 타고 가는 여객선은 큰 배 같은데, 한 명 정도만 들어갈 정도의 비교적 작은 입구에서 승선할 손님을 맞고 있었다. 울릉도까지 세 시간 반 정도나 소요되었지만, 풍랑이 염려되는지 일반 객실은 선상에서 상하좌우 통행이 통제되고 있다.

도착할 무렵 섬 주변의 절반을 보는 동안, 배에서 보이는 울릉도의 멋진 비경에 대한 코멘트 없이, 조용하게 접안만 시키고 있는 부분이 조금은 아쉽다. 전화로 예약된 민박집에서 식사를 해결하고, 제일 먼저 버스로 봉래 폭포를 향했다. 버스에서 내려 매표소를 지나 산을 오르자 원시림 군락지라는 명소에 걸맞게 울창한 숲에 우선 놀란다. 봉래 폭포는 지하수가 해수의 압력으로 용출되는 현상이라고는 하지만, 상수원으로 쓸 정도로 풍부한 수량과 멋진 경관으로도 손색없는 울릉도의 보물이 아닌가 싶었다. 내려오며 들려본 바람 나오는 '풍혈실'도 무척 인상적이다. 하산 도중에 들른 곳은 식당이라기보다 자연의 일부 같은 정겨운 곳이었다. 동물 조각들과 물레방아 돌아가는 추억의 정원처럼 만들어진 곳에 앉아 더덕 무침에 곁들여 먹는 나물과 동동주의 맛이 꽤 각별했다.

저녁 마무리는 도동항에서 J 친구와 L 친구가 대여점에서 빌린 낚시로 잡은 '아지'를 이용해 매운탕 만들어 반주(飯酒)하며 울릉도 입성(?) 을 자축했다. 울릉도를 위하여 건배!

성인봉

성인봉은 애당초 등산이라기보다 산을 좋아하는 마음으로 호기심만 갖고 울릉도의 산이니만큼 그냥 가볍게 다녀온다는 마음이었던 것이다. 버스를 타며 KBS 중계소 있는 곳을 내릴 때까지는 그랬다. 성인봉 3.8km란 이정표를 보고 그때서야 내심 긴장이 된다. 가파르게 오르고 또 올라도 원시림 군락지의 명성답게 우거진 숲이 정상을 보여주지 않으니, 그때는 조금 질려버린다. 이 작은 섬에 이렇게 높은 산이 있다는 사실도 인식 못 하고 사전 정보에 소홀히 했던 부분이 조금 후회되기도 했다. 성인봉이 1,000m에서 16m 부족한 산임을 애써 되새기고 있는 중이다. 산죽으로 둘러싸인 성인봉 표지석도 작지만 야무져 보였다.

하산은 나리분지 명소로 내려가며 버스를 탈 계획이었다. 그곳에서 식당주인에게 버스 시간을 물으니 방금 전에 버스가 출발했다며, 2시경 도착한 사람에게 3시 5분 차가 있다는 설명에 맥이 풀렸다. 내친김에 해안도로까지 걸어가자며 용감하게 길을 나서지만, 경사진 산길과 지그재그로 만든 도로가 네 명 노인들을 지치게 한다. 그러나 물맛 좋은 신령수, 나리동의 투막집, 천부해안도로에서 보는 곰바위 터널 등 신기한 경관들이 요소에서 우리 눈에 띄면서 다시 입가에 웃음이 번지더니 피로감도 조금 해소되는 것 같다. 해안일주도로는 곰바위 터널처럼 난해한 도로는 이렇게 터널로 해결하는 모양이었다.

용궁

울릉도 한 곳으로 무박에 2박 3일이라면 후한(?) 일정 같아 보이지만, 그래도 각본 같은 독도 탐방을 제외시킬 수밖에 없었다. 우선 기상이 좋지 않았고, 그다음 성인봉이 둘째 이유였다. 또 봉래 폭포를 포함하여 해안 비경을 보아야겠다는 의지 때문이다. 해안 비경은 도동항에서 촛대 바위로 이어지는 멋진 해안도로로, 입항할 때 배에서 이미 감탄하며 보던 곳이다. 새벽 일출과 어우러진 해안풍경은 살아있는 한 폭의 그림이었다.

해안도로를 얼마 동안 넋 빠지듯 보다가 아쉬움에 젖어 몇 발자국 걷다 보면, 어느새 '용궁'으로 불리는 곳이 신비스럽게 버티고 있다. 이어서 TV에 나오는 명소100경에 방송국 PD가 사진으로 찾아낸 명소를 보여주며 자랑하던 곳이 바로 내 눈앞에 펼쳐지는 것이다. 처음인데도 언제 한번 보았던 것처럼 반갑다. 그러나 1시 배를 타려면 식사도 해야겠고, 그 덕에 명물이라는 '홍합밥' 한 그릇을 먹게 되었는데 옆자리에 앉은 손님이 독도를 다녀온 모양이다. 허나, 접안도 못 해보고 멀미만 실컷 했단다. 만 오천 원 하는 식사를 일단 주문해놓고 기대했으나, 친구가 홍합 건더기 하나를 집어 들며 실망하는 표정이 가득하다. 그러거나 말거나 항구에는 즐비한 상가가 많았음에도 오수 관리를 잘하는 것 같다. 바닥이 보일 정도로 깨끗한 도동항 바다 맑은 물이 너무 신기하다. 자동차는 많은데 병원이 없다는 주민의 말이 사실인지 모르지만, 문명의 부조화(不調和)가 자연의 짓궂음 같았다.

무주여행

양각산

잠실역 앞에서 만난 동창 산악회 16명이 덕유산을 향해 출발한 것은, 13년 11월 9일 아침이다. 차 3대로 5~6명씩 분승해 도착한 덕유산은, 출발 할 당시의 일기예보와 달리 가랑비가 오락가락했고 정상에서는 비바람에 안개까지 끼면서, 주변시야를 덮고 있어 다소의 아쉬움은 있었다. 호기심을 기대하며 도착한 숙소는, 산수화 같은 절벽을 강 건너에 두고, 코앞에 유유히 흐르는 운치 있는 금강이, 인적 없는 양각산에 둘러싸여 분지처럼 조성된, 근사한 곳에 펜션이 자리 잡고 있었다. 넓지 않은 크기에, 고즈넉한 곳이어서, 조금 전 아쉬워했던 마음을 씻어내기에, 그림은 충분했고, 가랑비로 젖어있는 일행을 포근하게 감싸주는 것 같았다.

H친구의 여동생이 운영한다는 이곳에선, 청정지역 민물고기 쏘가리와, 모래무치로 끓인 민물매운탕이, 모닥불과 함께 다소곳하게 일행을 기다리고 있었다. 밤 깊어가는 줄 모르고, 모닥불에서 구어 나오는 고구마, 밤 등이 푸짐했고, 너나 할 것 없이 흘러간 추억 들먹이며 넉넉해진 웃음소리와 함께 밤이 깊어가고 있었다.

적상산

엊저녁 과음도 맑은 공기 속에서는 원기가 쉽게 회복되는 모양이다. 하나같이 표정들이 쾌청이다. 아침에 오른 양각산은 평범하게 질러 내려오는 계곡 같지만, 사람의 때를 별로 묻히지 않은 곳이 맞다. 한 친구가 부처손이라며 알려준다. 기관지염에 특효일 뿐 아니라, 항암효과도 뛰어난 것으로 알려져 있단다. 부처님 손같이 생겼다 해서 지어진 부처손이라는 산야초를 보며 신기해하기도 처음이다.

하룻밤의 인연으로 묵었던 펜션을 아쉬운 듯 나서며 두루 애써준 H 친구 매제와 인사를 나눈 뒤 길을 나섰다. 가을 단풍이 여자의 붉은 치마 같다 해서 지어졌다는 적상산으로 가는 것이다. 단풍이 아직은 띄엄띄엄 붉어 있었으나, 그것조차 노란 잎과 어울려 멋진 풍광을 유감없이 보여준다. 정상에서 적상호 바라보는 느낌은 자연 속에서도 인공에 의해 만들어진 유용한 역사(役事)를 일깨워주는 것만 같다.

내려오며 부근에 지천으로 눈에 띄는 것이 있었다. 귀하다는 '겨우살이'다. 연령대별로 보는 취향도 달라지는 모양이다. 점심을 마치고 출발하면서, 식후 찾아오는 졸음과 몰려오는 피로감에도 불구하고 귀경길을 운전해야 하는 기영이 친구를 걱정했으나, 그것은 기우였다. 친구소식이라면 내로라하는 로컬뉴스를 자랑하는 S 친구와, 그 분야에 쌍벽을 이루는 K 친구의 능란한 언변은 핸들 잡은 친구가 졸음 운전할 기회를 좀처럼 주지 않았기 때문이다.

관매도

국립공원공단에서 가장 가볼 만한 곳으로 추천했다는 명품 볼거리 1순위의 관매도. 그것만으로 떠날 이유는 충분했고, 12년 3월 1일 친구와 함께 그곳으로 떠났다. 기대를 한껏 품고 눈을 뜬 진도의 아침, 기상과 동시에 얼굴도 씻는 둥 마는 둥 어수선하게 아침 요기를 끝냈지만, 마음은 들떠있었다. 서둘러 진도 터미널에서 팽목항 가는 버스가 도착한 곳은 항구랄 것도 없는 작은 선착장이다. 관매도 도착 시간도 경유지가 달라서 2시간 걸리는 배가 있고, 1시간 20분 걸리는 배가 있었지만 통합된 시간표를 별도로 게시한 곳이 없어서 잘 확인해보아야 한다. 특히 관매도에서는 다시 나갈 배 시간을 자세히 알 수 있는 선원이나, 그 회사 직원에게 미리 물어보는 것이 비교적 안전하다.

우리는 9시 10분에 2시간 걸리는 배를 타고 관매도에 도착했으니, 시계는 11시를 조금 넘고 있는데, 나오는 배가 2시 10분에 있다. 조심해야 할 것은 그 배가 마지막 배라는 것이다. 3시간 안에 산행을 끝내고 정확하게 시간 맞추어, 이곳까지 와야 된다. 명품 국립공원이라는 파격적인 이름값이 해상교통 부분만큼은 고려사항에서 제외된 것 같다. 조심스럽게 반환점 시간을 정해놓고 내려오는 사람들에게 물어가며 코스를 밟는 것이 뭔가 조금은 부족하고 아쉬웠다.

그러나 그것은 잠시였다. 해안을 따라 요소에 자리 틀고 앉은 기암괴석과 바다를 내려다보면서 산행하는 기분이 너무 정겹고 즐겁다. 신기한 느낌으로 하늘 다리를 건너는 풍광도 좋지만, 아래를 내려다보며 맛보는 짜릿함도 볼수록 새롭다. 주변 경관도 백령도의 두무진 절경에 뒤지지 않을 멋진 곳이 아닌가 싶다. 한 곳이라도 더 보고 싶은 마음과 배를 놓치면 고생깨나 할 것 같은 생각을 순간순간 교차해가며 시간 맞추어 부지런히 답사를 하고 난 다음, 뭔가 아쉬운 마음을 담으며 선착장으로 가는데, 배 한 척이 막 떠날 채비를 하고 있는 것이다. 영문 모르고 무거운 배낭 추스르며 친구와 뛰어 겨우 배에 올라탔다. 목적지는 같았지만, 우리가 타고 온 배가 아니다. 그러나 소요시간도 1시간 20분에 뱃삯까지 싸다. 덕분에 시간 아끼고 돈도 절약했다. 내가 타고 갈 배는 2시간이 걸릴 뿐 아니라, 앞으로도 반 시간 이상을 더 기다려야 된다.

다음 여행지 순천만은 이곳에서 직접 가는 차편이 없어 해남까지 일단 나가야 된다. 보성, 벌교를 지나 도착한 순천은 도시다운 맛이 솔솔 풍겼고, 스치며 지나가는 사람들도 살가워 보인다. 역 가까운 곳에서 여장을 풀고, 객고를 달래기 위해 역 앞 시장에 나가 우럭 회를 떠서 술 안주하며 얼큰한 매운탕으로 걸쭉한 식사까지 하고 나니 여행 때 배낭 들쳐 메고 뛰면서 얻은 피로가 눈 녹듯 사라지는 것 같다.

순천만

아침부터 이슬비가 갈 길을 촉촉하게 적시고 있다. 순천만 가는 버스(67번)는 자주 있어 연안습지로 접근하기에 편했다. 세계 5대 연안습지를 본다는 기대보다 몇 년 사이에 갑자기 세계적으로 알려진 현장이 궁금했다. 지상에 나와 있는 전신주를 모두 없애고, 습지 보호를 위해 순천시민이 발 벗고 나선 결과물을 보고 싶었던 것이다. 내년에도 정원 엑스포를 개최할 예정이라니, 어쩌면 또 한 번 오게 될지 모르겠다. 매년 10월이면 갈대축제가 벌어지는 곳이다. 넓은 벌판의 갯벌과 사방으로 뻗은 갈대밭은 새들이 먹이를 구하기 쉽고 둥지 틀기에도 좋겠다. 심한 비는 아니지만, 배낭 메고는 편하지 않을 것 같아 셔틀열차를 탔더니 관람이 순조롭다. 갯벌 홍보관에서 공들여 관리해놓은 것만큼은 보고 가지만, 천문대까지는 대낮이라 못 보는 것이 조금 아쉽다. 광주에서는 장성 가는 차편이 3, 40분 간격으로 있다. 광주에서 일박하기로 하고, 비도 멈춘 터라 무등산을 탐방하게 되었다. 광주역에서 첨단 9번 버스를 타고 종점에서 내려 증심사(證心寺)를 지나 당산나무 있는 곳까지 올라갔으나, 황톳길이라 이미 내린 비로 상당히 미끄러워져 있다. 해마저 저무는 통에, 모처럼 찾은 산이지만 더 이상 산행이 어려울 것 같았다.

축령산 편백숲

12년 3월 10일, 지리산을 한 번 더 가보고 싶었지만, 상황이 어려울 것 같아 차선의 방법으로 마음먹은 곳이 축령산 편백 숲이다. 광주에서 장성까지 30분 걸린다는 버스는 45분에 정확히 장성터미널에 닿았다. 축령산 가는 버스는 5분 전에 이미 떠나버렸단다. 하루에 네 번 다니는 버스의 다음 차는 2시간을 기다려야 한다. 유기적으로 연계되지 않는 것 같아 조금 아쉽다. 누가 모암으로 가는 버스가 축령산 편백림 입구까지 간다고 알려준다.

돌아오는 시간도 촉박하지 않아 마음을 정했다. 배낭을 맡기기로 하고 터미널, 장성역 등으로 돌아 다녀보지만, 물품보관소는 없었다. 파출소에 들어가 사정 이야기를 해서 맡겨놓고, 모암주차장에서 막연하게 초행길을 따라 올라가 보니 눈에 가득 들어오는 편백숲이 한껏 감동을 준다. 군데군데 버티고 있는 울창한 편백숲엔 통나무집도 있어 요양하는 사람들이 많단다. 힘든 곳에 왔으니 본전이라도 빼고 가겠다며 벼려오던 명상을 했다. 맑은 공기가 향후 나의 건강에 좋은 밑거름이 되었으면 싶은 마음이다. 칠십을 코앞에 둔 나이에 절친한 벗과 오붓하고 유용한 여행을 하게 돼 무척 행복했다.

중국 여행

상해

10년 10월 21일, 새벽 3시 반에 일어나 그동안 틈틈이 준비해두었던 짐을 챙기고 인천공항에 도착하니 새벽 6시다. 8시 30분 출발이라니까 시간 여유가 꽤 있다. 짐을 부치고 남은 시간 면세점을 돌아보았다. 좌석은 날개 위였다. 상하이까지 한 시간 남짓 거리였으나, 승차시간이 식사시간대라 마침 기내식이 나오는데, 도시락이다. 다행히 고추장이 들어있어 입맛을 놓치지는 않았다. 신문 몇 줄 읽었는데, 어느새 '상하이'란다. 출국 수속 밟고 내리는 절차가 길어 그렇지, 실소요시간은 집에서 2시간도 안 되는 거리라고 생각하니 좀 싱겁다. 그래도 시각은 우리나라보다 한 시간 이르다는 안내의 말을 들으며, 입국심사대를 거쳐 공항을 빠져나온다. 차를 타고 자충로 임시정부청사를 방문하는데, 외관도 초라하고 작아 당시의 어려웠던 상황이 피부로 느껴진다. 중국서 첫 식사를 할 때는 55도 4홉들이 이과두주 3병이, 26명 식탁 위에 올라온다. 낮술이 되는 셈이다. 이것도 여행의 한 모습이려니 생각하며 몇 잔 마시자 바로 취흥이 도도해진다.

황포 유람선 가는 길목에는 상해 엑스포장이 보인다. 넓디넓은 이곳 주차장을 보며, 다음에 있을 여수 엑스포장이 잠시 머리를 스친다. 누런색을 띠며 유유히 흐르는 강의 수심은 10m나 된단다. 큰 배, 작은 배가 많이 있지만, 바닷물이 이곳까지 들어오는데도 우리와 달리 횟집 같은 식당은 없는데, 크고 작은 빌딩 일색에 건물 하나하나가 개성 있는 것 같다. 같은 건물이 눈에 안 띄는 것도 인상적이다. 웬만한 건물에는 주점(酒店)이라는 간판이 자주 눈에 띈다. 황산을 향해 5시간을 달려 밤 11시에 도착했지만, 마무리를 해야 한다며 중국에서의 첫날밤은 다시 주연이 벌어졌다. 1시경이 되면서 몰려오는 피로에 적당히 잠을 청해본다.

황산

황산의 날씨는 쾌청했고, 컨디션도 괜찮다. 운곡 케이블카까지는, 한계령 고갯길보다 경사가 심한 것 같다. 25인승 전용버스가 좁은 도로를 40분 걸려 오른 뒤에 케이블카로 다시 20분을 더 올라가야 한다.

광명정(光明頂)까지는 오르막이 자주 나온다. 황산의 백미인 서해협곡은 집사람이 포기해버리는 통에 나를 비롯해 몇 사람만 다녀왔으나, 나 역시 절벽에 만들어 놓은 기예 경지의 돌길과 층계를 보고 감탄하면서도 고소공포증이 있는지라, 껄끄러운 마음에 많이는 내려가지 못하고, 인상적인 부분 몇 개소만 집사람에게 보여주려고 사진에 담았다. 나중에 사진을 본 집사람은 내가 다녀온 곳이 TV에 나오는 단애절벽(斷崖絶壁)의 돌층계임을 알고는 아쉬워했으나, 힘이 달리는 상황이었기에 별수는 없었다. 오늘도 어김없이 중식에 술을 먹는데, 감칠맛은 좋지만, 역시 향은 식성에 맞지 않았다.

해외해(海外海) 호텔은 식당이 미로 같아 찾느라고 가이드와 해프

닝 벌리며, 애먹은 곳이기도 하다. 여행 중 장거리이동은, 시간 절약을 위해 밤에 했고, 밤 여행 때는 불 꺼진 마을을 자주 보게 되는 것도 중국의 또 다른 모습이다. 지반(地盤)에 습기가 많아 1, 2층은 창고나 외양간으로 사용한단다.

서호

서호는 멋있는 호수다. 어느 외국지도자가 이곳을 방문한 뒤에, "중국은 서호라는 아름다운 호수가 있고, 주변에는 거지 마을이 있더라." 라고 했다는데 오래전 이야기인 것 같다. 배에서 멋진 경치를 조망하면서도 건배잔(乾杯盞)은 빠트리지 않고 알뜰하게 챙긴다.

오후엔 '화항관어'라는 곳을 보는데, 우리나라 풍물시장 같은 분위기다. 물건을 진열해놓았지만, 장소의 짜임새나 분위기가 섬세하고 고풍스러운 맛을 풍긴다. 옆엔 작은 공연장도 만들어 운영하고 있다.

송성가무단은 7, 8년 전의 공연보다 IT를 접목시킨 덕분인지 색채의 화려함에 생동감도 있어 보였지만, 내실로 이어져 있지는 않은 것 같다. 전통적 무대 활용보다 와이드 화면을 살린, 화려함을 부각시킨 공연처럼 보인다. 가무에 아리랑과 부채춤이 간간이 나와 보는 우리로 하여금 친근감을 갖게 된다. 가무도 멋지고 재미있다. 소동파가 즐겼다는 전통요리인 동파육도 나왔다. 음식 문화는 개인적으로 짙은 향내가 쉽게 적응되지 않는다. 그래도 저녁에는 황산에서 있던 황홀한 풍광과 멋진 전통무용 이야기를 주고받으며, 중국에서의 마지막 밤을 아쉬워했다.

남경로

남경로를 보며 생각 드는 것은, 동북아시아인의 정서였다. 세월이 흘러도 없어지지 않는 맥이, 한 통로를 타고 흐르는 느낌이다. 남경로와 서로 연결된 길은 많은데, 유독 이곳 일자로 만든 넓은 도로만큼은 전혀 다른 세상처럼 어깨를 부딪치며 활기가 넘친다. 우리 명동과 비슷한 느낌을 받는 곳 같다. 사거리에는 삼성과 신세계의 로고도 걸려 있다. 백화점에 진열된 물건은 3, 4년 전 이마트 상품 수준과 비슷한 느낌을 받는다. '타이캉루'로 불리는 예술거리는 기능 상품과 카페가 함께 어우러져 특화한 곳으로 자리매김 돼 있는 곳 같다.

중국의 도읍을 화하(華夏)로도 불렀다는 지금은 51개 소수민족과 13억 인구를 자랑하는 나라다. 중국 지도자는 아무나 할 수 있는 것이 아닌 것 같다. 능률적인 조직이 얼마나 엄청난 파워를 만드는지를 실감하는 중이다. 과일도 여러 종류가 있지만, 수박을 제외하고는 같은 과일이라도 맛이 조금씩 다르다. 남귤북지(南橘北枳)라는 말을 생각나게 한다. 귀국하는 날 먹은 중국식 샤부샤부는 뜻밖에 담백해서 입에 맞았다. 이과두주도 여행을 마치는 날까지 올라온다. 여행옵션이라는 것이 그런 모양이다. 휴대폰에서 위험할 때는 즉시 외교부로 연락해달라는 문자가 도착해있는 것을 보니, 마음이 조금은 편해진다. 해외로 나가면 로밍도 반드시 해놔야 할 것 같다.

백령도 여행

사곶 모래비행장

11년 9월 2일, 배낭을 메고 부부동반으로 가는 친구 일행 6명과 연안부두에서 만나 탄 배는 1시 20분 출항이었다. 난생처음 4시간 동안의 항해에서 망망대해를 멋지게 감상하는 것은 고사하고, TV를 통해서만 보던 뱃멀미를 혼자 연출하고 말았다. 4시간 정도를 타고나서는 출렁이는 배가 너무 갑갑하다며 갑판을 잠시 돌고 왔더니 갑자기 속이 울렁인다. 구토가 한번 나오기 시작하니 나중에는 쓴 물까지 나왔다. 그렇게 모양새 좋지 않게 도착한 백령도 숙소는 '등대민박집'이라는 간판을 달고, 포구에서 비교적 가까운 곳에 자리 잡고 있었다. 음식 준비를 알뜰하게 준비해 와서 그런지, 그토록 요란하게 토했음에도 저녁 식사는 아무 지장 없이 맛나게 먹고 기운도 회복됐다.

사곶 모래비행장을 살펴보았다. 대략 2.5km 정도 되는 특이하게 생긴 모랫바닥이 눈앞에 들어온다. 입자가 무척 고우면서도 바닥이 꽤 단단했다. 자동차 다닌 흔적도 바퀴 자국만 살짝 표시가 날 정도다. 6·25전쟁 때는 동네 이름답게 비행기 활주로로 사용했다니, '충분히 그럴 수 있겠구나.' 싶게 느껴진다.

두무진

백령도 새벽공기를 마시며, 바다를 끼고 있는 사곶 모래비행장에서 어제의 컨디션 난조를 벗어날 겸 가벼운 조깅을 했더니, 바닷가에서 느껴지는 음이온 때문인지 기분이 상쾌해진다. 두무진 선착장에서 출발한 유람선은 백령도의 명물을 보여준다며 관광 수로를 나서는데, 반 시간 남짓 주변 해안 기암괴석을 구구절절 재미있게 설명해주는 선장의 코멘트가 재미있다. 승객들도 눈으로는 절경을 보며 즐겁고, 귀로는 선장의 멋진 유머에 거부감 없이 호기심 갖는, 신기한 마음 담으며 관광을 하게 된다.

배에 탄 관광객 대부분은 수시로 나타나는 절경을 빠트리지 않고 카메라에 담느라 꽤 바쁘다. 나 역시 카메라 갖고 오지 않은 것을 후회하고 있다. 코끼리 바위, 장군 바위 등도 멋있지만, 나바론에 나오는 해안포 동굴처럼 포를 설치해도 좋을 것 같은, 절벽에 숨은 동굴이 무척 인상 깊게 보였다. 일행은 해금강을 외치며 따옥섬에 자존심을 건 이곳에서 차를 렌트하여 섬을 한 바퀴 돌아보았다. 심청각, 천안함 위령탑 등을 둘러보며 같은 민족끼리 분단의 아픔을 숙명같이 겪어야 하는 비극을 다시 한 번 느끼게 해주는 것 같아 좀 서글펐다.

따옥섬

백령도는 하얀 날갯짓하는 따오기를 닮았다 해서 지어진 이름이란다. 어쨌거나 머리와 날개를 용케도 찾아내어 따오기로 작명해놓은 혜안과 빼어난 정서감각은 조상님들의 세심한 지혜의 단면을 엿보는 것 같다. 시간적인 여유가 좀 있는 것 같아 사곶 매표소 뒤로 가는 길을 어느 정도 올라가니, 숨겨진 절경 일부가 내게 들키기라도 한 것처럼 눈에 띄어, 관계자에게 허락을 받고 잠시 들어가 사진을 찍었다. 어제는 바다에서 섬을 찍었지만, 오늘은 섬에서 다시 절경을 찍는다. 앞으로 백령도를 간다는 사람이 있으면 반드시 카메라를 갖고 가라고 조언해야 할 것 같다.

뉴스를 들으니, 이 시각 일본은 태풍으로 22명이나 사망했단다. 태풍의 위력이 만만치 않은 것 같다. 떠날 때만 해도 태풍 영향이 백령도 항해를 방해하거나, 귀경길에 차질을 주지 않을까 내심 걱정을 했지만, 기상대에서 국내 날씨는 태풍영향과 관계없다니 다행이구나 싶다. 오히려 햇볕이 너무 강해 얼굴이 따가울 정도다. 한 농민이 요즈음 햇볕을 돈으로 치면 '하루 백만 원'이라며 활짝 웃는데, 풍년을 예약이라도 해 놓은 것처럼 자신 있어 보여 기억에 남는다. 우리가 타고 나갈 배는 출항시간이 오후 1시 50분이다. 알뜰 사모님 덕분에 남은 반찬으로 짬뽕 국을 만들어, 이 섬에서 먹는 마무리 식사를 맛나게 먹고 기약 없는 등대민박집을 나섰다. 멋진 백령도야 안녕!

외설악

백담사

13년 10월 18일, 제2고향이라 해도 좋을 만한 동네에서 오랜 세월을 이웃으로 함께 살아온 같은 아파트 K 씨, J 씨, 이렇게 세 부부가 동반하여 설악산여행 할 기회가 생겼다.

설악산에서 외설악으로 불리는 백담사는 입구에 차를 대놓고, 전용 셔틀버스를 타고 들어가야 한다. '백담사'라고, 말로만 귀가 따갑게 들어본 곳이다. 강릉 설악산을 숱하게 다녀보지만, 옆을 지나가면서도 일부러 방문하기 전에는 좀처럼 들려지지 않는 곳이어서 번번이 일견(一見)을 놓친 곳이다. 입구에는 교량 밑 냇가에 작은 돌을 이용하여 보살님들이 정성을 들여 만들어 놓은 탑이 있었다. 수천 개는 될 법한 탑을 보니 지성천(至誠川)이 이곳이구나 싶었다.

전두환 전 대통령이 묵던 화엄실(華嚴室)은 명패만 달아놓고 그 자리에 흔적을 남기고 있다. 옛날로 말하면, 상감마마가 머물던 자리 아닌가? 대웅전 안에는 비신자이면서 절에 올 때마다 정성스럽게 절하는 집사람이 눈에 들어온다. 나의 모든 인덕(人德)은 아마도 저 사람 때문일 것이라 추측을 하려니, 무신론자 입장에서 공연히 입가에 뜻 모를 웃음이 번진다.

울산바위

오늘은 울산바위를 오르기로 했다. 속초 시내에 숙소를 정해놓으니, 신흥사를 가자면 대중교통을 이용하는 것이 편했다. 신흥사를 지나면서부터는 인파에 밀려 자의 반 타의 반으로 외길 등반이 되어버린다. 흔들바위는 어느 외국인 몇 명이 바위를 굴려 지금은 있느니 없느니 하던 터라, 확인도 해볼 셈이었다. 당연히 흔들바위는 의연하게 그 자리에 있었고, 금강산에서 벌어지는 전국명산대회에 참석하려던 울산바위가 이곳 경치에 심취되어, 그냥 머물게 되었다는 테마를 만들며 자리 잡은 울산바위다. 낙오된 사람들을 뒤로하고 집사람과 둘이서만 울산바위에 오르는데, 짜릿한 맛과 신선한 풍광이 울산바위 정상까지 이어지는 느낌이다.

10월 20일, 여행 마지막 날 아침은 풍광도 뛰어나고 비교적 평탄한 소금강 방향이 좋겠다는 의견으로 소금강 구룡폭포까지만 가기로 했다. 일행 2명이 또 동행을 포기한다. 결국, 남은 일행 4명만 구룡폭포를 다녀왔다. 2박 3일의 짧은 기간이지만, 개별 태마여행으로나 가볼 수 있는 곳을 포함해 볼 수 있었고, 오대산 소금강은 두 번 와보는 곳이지만, 역시 멋진 곳이었다.

제주여행

첫날

14년 3월 7일 10시, 비행기를 타기 위하여 김포공항 가는 전철을 탔는데, 생각보다 배낭이 무거웠는지 제주항공 접수대까지 걸어가는 시간이 꽤 지루했다. 부부동반으로 11명이 탄 비행기는 1시간 만에 제주공항에 도착했다. 렌터카로 펜션에 짐을 풀고, 가까운 용두암에 가서 첫 신고를 했다. 제주도를 여러 차례 와보았고 이곳도 두어 번 둘러보지만, 두 번 아니라 더 자주 와보아도 변함없는 것은 사진 찍는 일이 우선이고, 관광은 그 다음이다. 오래된 정서요, 이젠 묵시적인 불변법칙이 되지 않았나 싶다. 성산 일출봉 표지석에서도 인증샷을 누르고, 부지런 떨어 올레길 멋진 구름다리를 천천히 걸으며 맑은 공기를 느끼는 기분이 좋다.

저녁행사를 위해 중앙시장에서 매운탕거리를 마련하여 숙소에 한 보따리를 풀어 놓는다. 날씨를 비롯한 첫날 일정이며, 중요한 스케줄이 모두 순조롭게 진행되는 것 같아 모두 만족스러워 하는 것 같다. 편한 옷으로 갈아입고 친구들과 정담 나누며, 옆방에 자리 잡은 아주머니들도 웃음소리가 방 밖으로 새어나온다. 시간 가는 줄 모르며 한마음 되어 즐기는 제주도 첫날밤이었다.

둘째 날

새벽녘, 떠지지 않는 눈을 비벼가며 섬에서나 먹을 수 있는, 멋진 수산물을 준비할 속셈으로 일찍 서둘렀다. 차를 몰고 나가려고 내비게이션을 조작하는데, 준비된 행선지 입력이 잘 안 된다. 아쉬움이 남지만, 아침을 마치고 인터넷으로 예약해놓은 잠수함을 탄다며 '차귀도'를 향해 길을 나서는데, 제주도 특유의 국지성 비바람이 출발을 조금 불편하게 했지만, 잠수정 타는 데는 별문제 없었다. 승선인원 삼십여 명 되는 작은 잠수정이 예인선에 의해 움직이는 모양이다.

배는 자체동력으로 부력을 이용하여 배를 상승시킨 다음, 물을 이용하여 다시 하강하는 정도의 기능을 하는 것 같다. 잠수부가 고기를 유인하며 관광객에게 손을 흔든다. 해저관광을 본 일행은 추적추적 내리는 비로 더 이상의 관광을 뒤로 미루고, '꿩 대신 닭'이라도 먹고 싶었는지, '말고기 정식'을 맛보자며 의견을 모으고 길을 나섰다. 내비게이션 작동이 시원치 않아 물어가며 시간 반을 찾아다녔지만 실패하고, 어제 갔던 중앙시장을 다시 기웃거렸다. 사모님들은 어차피 살 물건들이라며 쇼핑으로 스트레스를 풀어버리려는 듯 물건들을 바리바리 챙기며, 모처럼 밝은 표정이 된다. 저녁 식사를 끝낸 다음 노래방으로 기분전환을 하고 싶었지만, 친구 두 명이 피곤하다며 자리에 누웠고, 그래도 아쉬운 사람들은 노래방 마이크를 잡고 해외(?)에서의 객고를 풀었다.

셋째 날

굼뜨기는 했지만, 계획은 귀경길임에도 알뜰하게 짜여있어 즐겁다. 퇴실하며 올 때보다 늘어난 짐을 챙겨 넣고, 길을 나섰다. 5·16도로를 경유하여 한라산 중턱에 자리 잡은 성판악에 도착할 무렵, 갑자가 불어 닥치는 세찬 바람에 차에서 내린 일행이 놀라 몸을 움츠린다. 한라산의 거센 겨울바람을 간만에 겪는 것이다.

백록담 탐방 기억을 더듬고 싶었던 기분을 접고, 다시 차에 오른 일행이 감귤박물관'에 도착할 때는 언제 그랬냐는 듯, 봄 날씨로 변해 있었다. 변화무쌍한 제주도의 변덕스러운 날씨에 감탄사가 절로 나온다. 귤 냄새가 향긋하고 싱그럽다. 귤 박물관은 무척 다양한 종의 귤을 품고 있었다. 옆에 있는 '아열대 식물원'을 보고, 제주도 가로수 경관이 이국적 분위기를 만들어내며 잘 유지되는 이유를 조금은 알 것 같았다.

다음으로 찾아 나선 '쇠소깍'은 용이 살고 있다 해서 '용소(龍沼)'라고도 불렸지만, 가뭄이 심할 때 기우제를 지내면 반드시 비를 내려주는 영험을 보여주는 곳으로 알려졌음에도, 주변 경관이 뛰어나다. '주상절리'도 화강암을 인공적으로 다듬어 세워놓은 것처럼 자연의 뛰어난 예술품을 공짜로 보는 기분이다. '천지연폭포'를 볼 때는 귀경시간이 가까워져 그런지 편안한 마음으로 돌아와 있었다. 우선 눈에 익숙해 있는 폭포가 있다. 안정된 주변과 더불어 조금은 여유 있고, 차분하게 경관을 둘러보며 여행을 마무리 지은 것 같다.

MAIL

일기 편은 각자의 표현일 뿐이다. 호의적이지 못한 서술 부분도 편견일 수 있으며, 인명에선 사생활을 위해 가명을 사용했다. 내용도 이렇다 하게 내세울 것은 없다. 평범하고 불민하기 짝이 없지만 해박한 지식이 없음에도 할 말은 하고, 글도 쓸 수 있음을 보여주고는 싶었다. 다 늙어 시작한 일이지만, 일기의 유용함을 깨닫고 있다. 시사내용 기술할 때는 연륜에 따른 연배(年配) 간 동질감을 함께하고 싶었던 마음도 행여 있었음을 실토한다. 일본에 대한 부정적 언급은 우리와 상반된 의견을 갖고 있는 나라가 북한만이 아니라는 사실을 느꼈던, 필자 개인의 사견일 뿐이다.

2010년

새 해

100101

경인년(庚寅年) 해 뜨는 모습 보며, 희망을 기원한다고 새벽부터 남산에 가기 위해 전철을 탔다. W 친구와 시작한 이후 3년 차의 거동인데, 처음엔 동네 구름산에서 간단하게 해맞이를 시작했지만, 친구 따라 강남 간다고, 이곳으로 와보니 좀 번잡하긴 해도 괜찮았다. 산 밑에선 별로 사람이 없는 것 같았지만, 오르면서 점점 늘더니 정상에는 발 디딜 틈 없이 사람들로 붐빈다.

이 많은 사람들의 바람은 무엇일까? 무엇이 이들을 매서운 추위에도 아랑곳 않고 새벽잠을 설치며 이곳을 올라오게 했을까? 나의 소망은 이들과 또 얼마나 동떨어져 있을까? 부질없는 짓임을 알기는 할까? 알면서도 기구하는 것은, 아마도 스스로의 다짐일 텐데 그것을 깨닫는 데는 그렇게 오랜 시간이 필요하지 않았을 것 같다. 열망의 탄성이 여기저기에서 들려온다. 7시 40분이 되면서, 드디어 밝은 해가 서서히 떠오르고 있다. 비록 짧은 순간이지만, 집안의 건강, 그리고 가족의 평안과 행복을 기원해본다.

폭 설

100104

아파트생활을 하다 보니 바깥 날씨에 좀 둔해지는 것 같다. 둘째가 차를 두고 출근하겠다고 말할 때만 해도 이렇게 많은 눈이 온 줄은 몰랐다. 8차선 횡단보도가 보이지 않을 정도로 쌓인 눈을 가늠해보니, 20㎝는 될 것 같다. 눈길을 밟으며 출근하려는데, 정류장으로 차가 오질 않는다. 옆에 있는 사람은 2시간을 기다린단다. 출근을 포기하고 집으로 되돌아오니, 뉴스에서는 몇십 년 만의 폭설이란다.

부산까지의 집념

100107

출근길에 집사람이 챙겨주는 무릎 토시를 걸친 뒤, 늘그막에 따뜻한 것이 추운 것보다는 나으려니 하며 출근하는데, 삼성전자에서 연 매출 100조 원에 이익금 10조 원 냈다며 방송을 타고 흘러나온다. 한 사람이 10만 명을 먹여 살린다던 말이 설득력을 얻는 것 같다. 신문에서는 김정일이 훈련 상황을 보고받는 자리에서 춘천-부산까지(374㎞) 진격하는 내용을 북한 TV에서 공식적으로 방영했단다. 무력통일은 이들의 최종 목표이며, 남침야욕의 굳은 의지는 조금도 변하지 않은 것 같다.

태백산 축제

100130

집사람과 서울역 2층 대합실에 닿으니, 같은 생각을 한 사람들이 제법 만원을 이룬 것 같다. 청량리에서 W 친구 일행을 만나니 기분 좋은 눈꽃 여행의 출발이 순조롭다. 창밖에 눈이 별로 없는 것이 조금 서운했지만, 이곳저곳에서 먹을 것들 내어 놓았고, 원주를 지날 정오 무렵엔 준비해온 김밥으로 간단히 식사하고, 태백에서 버스로 갈아탄 뒤 축제장에 도착했다. 눈은 자취를 감추었지만, 축제를 위한 이벤트는 여전했다. 경인년(庚寅年) 백호를 상징하는 눈 조각이 홀로(?) 힘겨워 보인다. 석탄 박물관도 변함없었다.

컴퓨터의 한계

100204

컴퓨터의 영역이 외계인처럼 느껴질 정도로 데이터의 엄청남에 놀랄 때가 가끔 있다. 새까맣게 잊고 있던 사람에게 몇 년 전 일까지 빠뜨리지 않고 ,어디서나 재현해주는 재주를 갖고 있지 않은가? 이젠 오감(五感)도 로봇이 모두 표현해 내며 사람이 따를 수 없는 부분까지 근접하고 있다. 이대로 간다면 로봇이 사람을 지배하는 시대가 오지 싶었다. 신이 있다면 사람보다 먼저 다가설 것 같다. 출입국관리소 등록신청의 문제로 연안부두를 다녀오는 데 1시간 30분 걸렸고, 일을 마치고 사무실에 들어서니 12시 30분이다. 이 4시간 동안 컴퓨터 역할을 더듬어보니 거의 의존 상태다.

미국과 반미

100208

미 국방장관이 일단 유사시 적시(適時)에 지원군을 댈 수 없다는 이야기를 하는 것 같다. 내후년엔 작전권마저 우리에게 떠넘기는 시점이다. 자주국방을 자신 있게 말하기에 우리는 아직 부족한 입장에서, 6·25사변을 유발한 '애치슨라인'을 기억하게 된다. 6·25사변도 북침으로 아는 사람이 적지 않은데 우리는 배고픔도 참고 견디며, 힘을 키우고 있는 북한을 너무 모르는 것 같다. 인내심을 갖고 도와주면 북방한계선에 집결된 70% 병력과 우리를 향한 8,000문의 장사정포를 모두 거두어 갈 것으로 아는 것은 아닌지 모르겠다.

친구의 역할

100222

친구지간에는, 사소한 일도 선뜻 털어놓으며 이야기가 된다. 그러기까지 짧지 않은 세월이 흘러야 하지만, 처음에는 천하를 도모할 것만 같은 대화로 학문이면 학문, 세상사면 세상사가 모두 대범하게 넓어지다가, 친구라는 울타리로 들어서면서 넋두리와 불평의 공유가 차츰 많아지고, 점점 작은 일까지 익숙해지면서 정겨워진다. 이제는 생각이 굼뜨고 행동도 느려진다. 외부에서 발생하는 일도 자신감보다 걱정이 앞서고, 실패하지 않기 위한 조바심이 자리 잡게 된다. 이런 시기일수록 친구의 자리가 더 필요해지는 것 같다.

법정 스님

100312

새싹이 막 터질 것 같은 나무가 사무실 앞에 싱그러워 보인다. 어제는 법정 스님이 오래전부터 앓던 병으로 입적하셨단다. 혼탁해지는 세상에서 맑은소리를 들려주던 종교계 거목을 또 하나 잃었다. 1년 전에는 김수환 추기경이 선종하더니, 이번에는 법정 스님이시다. 성철 스님은 넓고 깊은 곳에서 사바를 만졌지만, 법정 스님은 가깝고 낮은 곳에서 사바와 뒹굴었다 했던가? 대원각을 시주한 무소유의 감동은 길상사를 만들며 전설이 되었고, 너무 아끼는 난이라서 넘겨주며 무소유를 몸소 실현시켜주시는 분이었단다. '소유개념이 때로는 우리들의 눈을 멀게 한다'는 자각을 옆에서 일깨워주신 어른이다. 누구나 때가 되면 가는 곳이지만, 중생의 영혼을 일깨우며 속절없이 떠나신 분이 부디 편하게 가셨으면 좋겠다. "내가 살던 별나라로 가려면 이 몸뚱이도 갖고 가기엔 거추장스러울 것."을 일러주신 분이다.

영웅들

100319

신문에서 읽은 6.25 학도병의 편지 한 통이 마음을 적신다. “어머니! 나는 사람을 죽였습니다. 돌담 하나를 사이에 두고 10여 명은 될 겁니다. 적은 다리가 떨어져 나가고, 팔이 떨어져 나갔습니다. 어머니! 전쟁은 왜 해야 하나요? 어제는 내복을 빨아 입었습니다. 물 내 나는 청결한 내복을 입으면서 저는 왜 수의(壽衣)를 생각해 냈는지 모릅니다. 어쩌면 제가 오늘 죽을지도 모릅니다. 하지만 저는 살아가겠습니다. 꼭 살아서 돌아가겠습니다. 어머니! 상추쌈이 먹고 싶습니다. 찬 옹달샘에서 이가 시리도록 차가운 냉수를 한없이 들이키고 싶습니다. 아! 놈들이 다가오고 있습니다. 다시 또 쓰겠습니다. 어머니 안녕! 안녕! 아니, 안녕은 아닙니다. 다시 쓸 테니까요.” 이우근 씨가 신문에 실은 글이지만, 이 학도병은 포항여중(현재 포항여고) 자리에서 전사하였고, 용흥동 탑산에 그 편지비가 세워졌단다. 다부동 전투에서 필사의 격전을 벌이며, 치열했던 전사를 남긴 의로운 영웅이야기다. 여기서 밀리면 포항 앞바다에 빠질 수밖에 없을, 당시의 상황이 너무 절박하고 치열했던 것 같다.

빠른 식사습관

100404

항상 식사를 빨리하는 습관은 군 생활 영향도 있지만, 그럴 만한 계기도 있었다. 지금의 초등학교와 같은 옛날 국민학교 시절 고모 댁이 작은 공장을 운영했다. 컴퍼스(50년대에 원 그리는 학용품)와 계수기 등을 만드는 곳에서 요즈음 말하는 알바를 했다. 어린 나이였지만, 점심으로 비빔국수 한 그릇을 주는데 빨리 먹는 사람에겐 남은 국수를 덤으로 주는 배려가 있었다. 어린 마음에 그걸 먹는다고 서둘던 기억이 지금도 새롭다. 서글펐던 추억이고, 동갑내기 고종사촌을 부러워했던 때다. 고모부는 어린 내게 희망의 상징으로 각인됐는데, 치매로 영면하셨지만, 세월의 무상함을 일러주는 것 같다.

숙정문(肅靖門)

100418

집사람의 운동량이 조금은 부족한 듯해서 숙정문이나 보러 가자며 부추겼다. 청와대 뒷산이다 보니 보안상 신분증을 제시하고 출입증을 교부받아야 산행이 가능하다. 숙정문을 보고 산성 한 바퀴 돌아 자하문과 그 주변을 둘러본 뒤 경복궁을 들어서는데, 5번 출구가 경복궁 경내다. 마침 수문장 근무 교대식이 있어 구경하는 외국인 사이에 끼어 관람하고 고궁박물관을 들어서니, 조선 시대 마지막 왕이 타고 다녔다는 차가 있었다. 축소해서 만든 옥좌를 보며, '마지막 왕의 쓸쓸한 흔적을 보는 외국인의 생각이 궁금해진다.

생 일

100421

생일 축하해! 마음으로는 선물도 해주고 싶고, 자상한 말도 멋지게 해주고 싶은데, 멋없는 이 한마디가 전부다. 언젠가 꽃 들고 들어오다가 핀잔 한 번 들은 이후 최선의 표현법이 되어버렸다. 요즈음엔 치과에 다니고 있어 출근이 좀 늦어진다. 손자 놈을 보는데 하루가 다르게 영리해지고 앙증맞은 짓을 한다. 출근 때는 '안녕'하며 고사리 같은 손을 흔드는 맛에 힘들어도 기꺼이 보는 것 같다. 저녁에는 애들이 찾아와 생일 차림을 같이 도우며 즐거워하는 표정이 보기 좋다. 막내는 일이 있다며 참석을 못 했다. 같이 사는 가족이라도 서로 모르는 부분이 있게 마련인 것 같다.

외계인

100429

논란이 되어왔던 외계인의 존재를 스티븐 호킹 박사가 주장하니 설득력 있게 들린다. 인간보다 높은 지능을 갖고, 이미 지구에서 적응을 하고 있을지도 모른다는 발언이다. 외계인은 동물이나 세균처럼 지구에서 적응한 다음, 그들 행성의 포화상태를 대비하여 돌파구를 찾아 지구를 지배할 수 있단다. 콜럼버스가 아메리카 대륙을 발견한 뒤 원주민에게 하듯, 외계인이 지구에 정착하며 같은 짓을 할 수도 있다고 했다. 어떤 형태로 존재하고 있는지 알 수 없지만, 섣불리 접근하려고 애쓰면 안 된다며 경고한다.

새만금

100502

여행사를 통해서 Y 친구와 부부동반으로 예약한, 새만금방조제 관광을 위해 서울역에서 출발했다. 3식 제공하고, 일 인당 만원이니 가격으로 치면 왕복여비도 나오지 않는 여행이지만, 협찬사가 있어 가능하단다. 호남의 금강산이라 부르는 내소사와 삼성각까지 둘러본 뒤 변산반도를 거쳐 해수욕장을 둘러보며 새만금에 도착했다. 우선 웅장함에 놀랐는데 방조제 거리만 33km란다. 썰물로 밀려 나가는 바닷물이 장관이다. 한참을 가니 섬이 육지로 변했다는 야산이 나오고, 행사를 준비하는지 한쪽에 깃발이 장관이다. 거의 온 줄 알았는데 반밖에 못 왔단다. 20년 끌어온 역사(役事)는 대단했다.

봄 날

100507

날씨가 쾌청하니 다가오는 계절이 기대된다. 포근하게 감싸주는 알맞은 기온이 그렇고, 산들바람에 흔들리는 나뭇잎은 보는 이의 마음도 싱그럽게 하는 것 같다. 형형색색의 아름다움을 뿜어내며 봄을 만끽하게 해주는 이 순간이 더없이 행복하고 즐겁다. 매년 이맘때면 친구들과 부부 동반으로 나물 캔다며 운악산이다, 연인산이다 하면서 수선 떨던 것이 얼마 전이다. 산림 당국이 나물 채취를 금지하면서 멈췄지만, 고비 나물, 얼레지가 지천이고, 참나물에 운 좋으면 두릅까지 시간 가는 줄 모르고 캐던 때가 오롯이 생각난다.

고추알레르기

100522

집사람과 구름산을 평지 코스로 가볍게 산행한 뒤 한내공원을 한 바퀴 돌아보니, 조깅코스로 좀 짧기는 해도 경관이 좋아 걷기 운동은 할 만한 것 같다. 부족한 듯한 운동량을 채우기 위해 안양천으로 방향을 잡아 25분을 뛰고 반환해서 다시 뛰며 30분을 채운 다음 빠르게 걸었다. 요즘 배가 자꾸 나오는 것 같아 부담스러워, 조깅은 하는데 그래도 배가 들어가지 않으니 걱정이다. 사위들과 호법사를 둘러보고 돌아오는 길에 홍짜장이란 음식을 먹는데, 집사람이 심한 고추알레르기를 일으키면서 기절 직전에 이를 정도로 혼쭐이 난 날이다.

서산해안

100530

친목회원들이 부두동반으로 서해를 다녀왔다. 번개 같은 하루 일정이지만 마음들이 들 떠 있었던 것 같다. 집사람은 소꿉친구들과 연락이 되어있어 그곳을 가고 싶어 했고, 나는 서해로 가자며 의견충돌이 생겼다. 그런 집사람이 뒤늦게 와주어 너무 고맙다. 나 자신의 부족함을 아는지라 기회를 보아서 미안하다는 말을 하기로 하고, 일단 서산 해변 한곳에 차를 대놓고 자리를 펴니, 분위기 좋고 기분도 그만이다. 음식준비를 해오느라 고생한 W 친구 내외가 고맙다. 집사람도 분위기를 즐기는 눈치다. 그래서 더 좋았다.

월드컵 16강

100623

96년 올림픽 축구 우승국인 나이지리아와 비기면서 16강전에 진출하는 데 성공한 날이다. 자책골을 넣고 코가 빠져있던 박주영이 멋진 골을 차 넣어 2대1로 역전 시켜놓은 것이다. 너무 멋진 골이었다. 호사다마인지 후반에 들어간 김남일이 골대 부근에서 반칙하는 바람에 동점이 되어 마음 졸였지만, 무승부를 잘 지켜내면서 승리를 했던 것이다. 오늘 새벽에 일구어낸 16강전은, 순수 자력으로 만들어낸 쾌거다. 외국인 감독에 대한 콤플렉스에서 벗어난 것도, 큰 소득이라고 할 수 있는 청량제 같은 소식이다.

아! 6·25

100625

60년 전 오늘, 북한남침이 이른 새벽부터 시작된 날이다. '난리 났다'며 새파랗게 겁에 질려 들어온 옆집 아줌마 모습이 지금도 눈에 선하다. 사흘 만에 서울이 함락된 전쟁은 다부동까지 일사천리로 밀려가며, 대구에서 조선 인민국이 되느냐 마느냐 하는 처절한 싸움이었지만, 미국의 도움으로 기사회생했던 것이다. 석탄 무개차에 실려 탄재 묻은 손으로 주먹밥 먹으며 대전역까지 갔다. 군용천막 안에서 새우잠 자다가 아침에 긴 양 쌀밥 배식을 받아먹느라 여념이 없던 상황이었지만, 그 정도는 고통인지도 모르며 자란 어린 시절이었다.

장봉도

100711

섬처럼 공기 맑은 곳에서 자면 기분도 상쾌하지만, 일찍 일어나게 되는 것 같다. 첫날은 가까운 국사봉을 다녀왔고, 해변에 올 때마다 조깅을 해보지만, 그때마다 다른 기분을 느낀다. 비릿한 바다 특유의 냄새와 밟는 모래 감촉도 단단한 부분이 이어지는가 하면 푸석푸석한 모래가 밟히기도 하며, 바닷물에 밀려온 해물들과 파도소리 등 분위기만 다른 것이 아니다. 지역마다 느낌까지 다르다. 갯벌에 '게'와 '다슬기가 많았다. 기름에 살짝 튀겨먹으니 별미였지만, 삼겹살 바비큐가 익자 그쪽으로 슬쩍 모이는 것을 보면 아직은 고기가 한 수 위인 것 같다.

무의도 호룡곡산

100725

실미도라는 곳이 시야에 들어오는 곳, 말 탄 장군의 휘날리는 옷과 모습이 같다 해서 무의도(舞衣島)라 지었단다. 섬의 포근하고, 싱그러운 새벽공기를 마시며 하나개 해수욕장을 둘러보니, 이곳도 유원지로 개발하려는 의욕이 강해 보인다. 번영회의 안내판에 그런 의지가 엿보였다. 오래전에 호룡곡산을 오려던 계획이 틀어진 바 있어 집사람과 올라가 보니, 아기자기하고 멋진 산이다. 안개를 살짝살짝 벗을 때마다, 희미하게 보이는 영흥도까지 관망도 좋다. 어디를 가나 떠날 때의 아쉬움은 늘 있는 것처럼 이곳에서도 그랬다.

권력이 곧 정의

100727

연속방송을 즐기는 편이다. 간혹 감동도 받고 때론 눈물도 흘리지만. 『동이』라는 사극드라마의 한 장면은 또 다른 느낌이 든다. 천인 신분으로 중전에 이르렀음에도 치열하게 권력에 집착하던 정난정이 폐비 위기에 처하자, 숙종이 "그토록 영민하고 반듯했던 중전이 어쩌다가 그런 짓을 저질렀느냐?"고 묻자 "올바르게 살려고 그랬노라. 그때는 올바르지 못했기 때문에 그랬지만, 전하도 알다시피 권력은 모든 것이 옳고, 권력이 없으면 모든 것이 그른 것이 아니냐? 이런 사실은 전하도 잘 알 줄 믿는다." 오직 이겨야 산다는 정치 이야기도 본다.

도락산

100731

힘 있을 때 돌아다녀야 후회하지 않는단 말이 씨가 됐나? 이달 들어 1박 2일 휴가를 3번이나 다녀온다. 단양에서 휴가를 즐기던 중에 둘째 사위가 허리에 통증이 생긴 것 같다. 둘째와 영월을 동행하면서 영월읍 병원에서 진료받았는데 이상 없는 것 같다. 래프팅을 타본 집사람만 신이 나서 자랑하기 바쁘다. 김삿갓 유원지에 들러 도담 삼봉을 먼발치로 보며 사인암을 들러보니 침상(寢牀) 휴양지였다. 도락산(道樂山) 유원지를 나오면서 단양 특주와 파전에 묵을 보태어 허기를 채운 뒤 귀경길을 잡으니, 여정의 아쉬움이 살짝 남는다.

폭포에서 동심으로

100808

과천종합청사 역 7번 출구를 통해 올라가는 문원폭포는 1시간을 오른 끝에 폭포를 찾아 자리 잡고 앉았다. 반바지 차림의 노인이 된 동심이다. 11명의 노인들이 텀벙거리며 물싸움하다가 껄껄 웃는 모습에 그동안 감추고 아껴온 추억들이 일시에 쏟아져 나온다. 다음 이동을 위해 젖은 몸들을 정리했다. 힘들다며 못 올라온 친구들과 합류하며 근처 음식점 한 곳을 들러 '매운탕' 소리에 화색이 도는 친구들 얼굴을 서로 쳐다본다. 너스레 떨며 쌈빡한 음식에 반주하며 먹을 때도 세월 아쉬운 듯 건강 염원하는 '부라보'는 약방 감초 마냥 낀다.

애잔한 추억

100826

자식들 어릴 때 옹알거리는 소리를 성장한 다음에 들려주려고 녹음해둔 테이프가 눈에 띄어 오랜만에 들어보니 새삼스럽다. 문화혜택이 주는 또 하나의 기쁨이 한 세대를 넘나들며 감동을 준다. 라디오에서는 지금 내 또래가 되었을 가수가 젊은 시절 윤기 나는 목소리로 귀를 간질인다. 그때의 세월로 돌아가지는 못해도 그 순간의 소리를 더 들으며 행복을 느껴본다. 한순간을 정지시켜놓는 흑백사진도, 그런 면에서 눈으로 보는 훌륭한 추억이 아닐 수 없다. 정서적으로 느끼는 감정도 별반 다르지 않은 것 같다.

곰파스 태풍

100902

9월, 날씨는 아직 여름이다. 그것도 폭염을 걱정하는 지루한 여름이다. 곰파스 태풍이 온다 해서 더위 좀 몰고 가려나 했더니, 나라 한가운데를 뚫고 가는 메가톤급 핵폭풍이었다. 새벽 5시경, 뭔가 깨질 것 같은 연속 굉음에 베란다로 나가보니, 스테인리스강 화분대가 180도를 회전하며 베란다 대형유리를 치고 있었다. 큰 유리가 깨질새라 허겁지겁 고정하려는데, 태풍에 커튼이 밖으로 빨려 나가며 난리도 아니다. 막내는 내가 바람에 떨어질까 봐 나를 붙잡는다. 겨우 고정해놓으니 이번엔 정전까지 한몫 거든다. 태풍 한번 대단했다.

변 화

100903

망각은 잦아지고, 약해진 기력들이 싫어도 비집고 들어온다. 또 다른 변화로 진화를 위한 몸짓 아니겠나 싶다. 루게릭병에 걸린 세기적 물리학자 호킹이 "우주는 자연 발생적으로 형성되었으며, 신의 개입으로 이를 설명할 필요나 이유는 없다."라고 말한다. 그는 모든 존재의 기원을 과학적으로 설명할 수 있는 단계에 와있다고 했다. 그도 한때는 신의 존재를 긍정했던 물리학자였단다. 결국, 진화에 의한 인간의 자리매김인가 보다. 외계인 존재를 긍정하던 호킹이 집대성한 어떤 학문을 마무리하는 것 같다. 인간이 만들어 놓은 틀을 고집부리지 않고, 자연에 순응하는 것이 순리지 싶다.

명절의 포켓볼

100923

식구들이 모두 모이니 큰애가 난데없이 포켓볼을 치러 가잔다. 어제도 게임 볼을 쳤는데 어쩐 일인지 아침부터 서둔다. 집사람까지 나서니 온 식구가 포켓볼 치는 이변이 일어났다. 드문 일이지만 가족끼리 어울리니 모든 것을 덮는다. 게임을 치르고는 10명의 식구가 애기능 부근 옛날 짜장 집에서 식사하고, 소래포구로 가서 꽃게와 대하를 샀다. 저녁은 그렇게 법석 떨며 푸짐한 껍질을 화목(和睦) 쌓듯 얹어가며 반주까지 곁들이니, 즐겁고 또 만족스럽다. 그다음 순서는 아내의 유일한 잡기, 뽕 화투 모드로 자연스럽게 둘러앉는다. 명절의 뒤풀이가 비교적 깔끔했던 것 같다.

횡성 해장국

101001

둘째 동서와 이루어진 번개 여행에서, 횡성 아침 공기는 쾌적하고 기분도 상쾌했다. 아침 운동 나간 동서로부터 전화다. 무슨 해장국집이라며 나오란다. 막내동서와 식당을 들어서니 횡성에서 수의사로 자리 잡은 대학동창이 해장국을 대접하려는 모양이다. 선지 대신 소고기 넣은 해장국이 뜻밖에 입에도 맞고 감칠맛이 좋다. 이곳 한우는 인공수정도 횡성한우로 인증을 해주지 않을 정도로 철저하게 관리하고 있단다. 노인도 강원도에서 양양 영월 다음으로 많지만, 읍내가 활기차 보였다.

하이 서울 마라톤

101010

서울시청 광장에 들어서며 친구들과 출발점 호흡을 맞추며 보니 마라톤 복장을 한 P 의원도 눈에 띈다. 8시 10분, 드디어 서울 숲을 향한 10km 마라톤이 시작됐다. 코스는 괜찮은 것 같은데, 마지막 1km 코스가 꽤 지루했다. 대충 기록이 1시간 8분대 되는 것 같다. W 친구가 서울 숲에서 갖는 2010년 10월 10일 10시 10분 10초의 순간을 오래도록 기억하자며 캔 맥주를 사왔다. 연속 10 숫자 기념 맥주를 마시는데, 도봉산 산행친구들이 부득불 오란다. 트럼펫 부는 장소에서 녹야원으로 오른 뒤, 냇가에 자리 잡고 앉아 전화를 해보니 정상에서 아직 식사도 못 했단다.

경 주

101120

처가 식구와 모처럼 경주 나들이를 했다. 선산 IC에서 14명이 만나 경주에 도착하니, 초입엔 대학에서 주관하는 수박, 호박 예술 공예품들이 즐비했다. 안압지, 첨성대 일대를 관람한 뒤, 천마총을 보고는 도굴을 포기해야겠다며 능청을 떨었으나, 옛날에 만든 봉분이지만 내부가 과학적으로 견고하게 잘 만들어진 것 같다. 집사람과 이곳에 왔을 때와 별로 달라진 것은 없으나, 비단잉어는 새삼스러운 것 같다. 인터넷을 통해 예약했다는 식당은 호젓한 민가(民家)였지만, 손님이 의외로 많았다.

경 주 2

101121

아침에 차린 어르신 생신은 떡을 케이크로 대신했음에도 정겹다. 객지에서 차려놓은 음식이 떡 벌어진 한 상으로 손색없었고, 어르신의 건강을 기원하며 먹는 미역국도 집에서 먹는 미역국 맛과 별반 다르지 않게 맛났다. 세계문화유산 등재로 더욱 각별해진 불국사를 새삼스럽게 살펴본다. 천년의 역사를 담은 석굴암까지 관람하고, 감포로 직행했다. 수산물센터에서 방어회를 떠다가 맛나게 먹고 구룡포 호미곶 주변을 알뜰하게 들러보고 돌아온 1박 2일의, 짧지만 멋진 여행이었다.

무너미 고개

101204

11시에 W 친구와 관악산 무너미 고개를 넘어 일부러 만들어 놓은 듯한 널찍한 마당바위에 앉는다. 맛깔나게 준비해온 따뜻한 국에 직접 빚은 그윽한 복분자주를 마시는 그 순간만큼은 아방궁이 부럽지 않다. 날씨까지 겨울답지 않게 포근하니 금상첨화다. 건강해서 좋고 벗과 더불어 마시는 이 시간이 더할 나위 없이 즐겁다. 뱃속이 나무랄 정도로 먹고 내려오는 길은 서울대 수목원을 먼 길로 우회하도록 다시 만들어 놓았다. 올 때마다 들르는 초당두부 집 앞이다. 산 위에서 너무 많이 먹어 배부르다고 구시렁거렸지만, 그래도 두부 김치에 막걸리 4병, 마실 공간을 따로 비워 놓고 있었던 것이다.

2011년

일 기

110102

일기(日記)는 흐르는 시냇물처럼 맑다. 얕지만 생동감 있고 활동적이면서 다양한 생물의 급수원처럼 필요한 역할을 일상으로 해내는 것 같다. 깊지 않은 대신, 얕은 곳에서 고루 품으며 사소한 일부터 복잡한 일까지 관여하는 곳이 셀 수 없이 많다. 자질구레한 것 같으면서도 꾸밈없이 모든 사실을 상기하게 해준다. 개인적 생활기록이지만, 스스로 판정하는 반성문이요 회고록이다. 때로는 기행문이 되기도 한다.

애초부터 일기 쓰지 않던 것을 게으름 탓으로 돌리기는 했지만, 그래도 일찍 시작 안 한 것을 후회해보지 않았는데, 요즈음 일기를 들춰보며 그런 생각이 살며시 일어난다. 어설픈 기억 더듬을 때는 솔직한 당시의 심기를 느끼게 되고, 옛 친구 만난 듯 잔잔한 웃음이 나온다. 지난 일 년을 하루도 빼놓지 않고 쓴 것이 스스로 대견하고 신기한데, 이 습관이 얼마나 오래 이어질지 시험대처럼 각오한다. 올해는 어떤 희로애락을 담으며 일희일비할지 내년이 기다려진다.

바이러스

110107

재앙이 따로 없다. 구제역으로 100만 마리의 소가 살처분 되었다는 보도에 이어, 천안에 AI 조류인플루엔자가 상륙해 신종플루(A/HINI)로 4명이 목숨을 잃었단다. 바이러스성 병원균이 낮은 온도에서 더 강해 추운 요즈음도 기세가 전국을 강타하고 있다. 영국이나 프랑스도 바이러스로 몸살 앓기는 마찬가지 같은데, 원인도 모르고 대책도 없단다. 미국은 새 수천 마리가 떼죽음을 했다고 민심까지 동요하며 요란한 모양이다. 변종 바이러스가 작정하고 인간을 겨냥한다면 정말 대책 없는 재앙이 될 수 있지 싶다

정수기

110111

물은 항상 깨끗하게 먹어야 한다는 생각에서 정수기를 달았는데, 10년을 넘은 것 같다. 10년 지난 정수기는 몸에 별로 좋지 않다는 코디 말을 듣고, 집사람의 의견도 있어 정수기를 바꾸는데, 설치직원이 정수기 물은 순수한 물 성분만 있고, 영양가는 없단다. 전기료도 찬물만 사용하면 냉장고 한 대의 요금이 나오지만, 뜨거운 물을 늘 켜놓으면 요금이 많이 나온단다. 솔직히 말해주어서 고맙기는 한데, 회사 차원에서 보면 한참 점수 잃는 코멘트가 아닌가 싶다. 경북 축산기술연구소에서도 구제역이 발생했단다. 최고의 방역 장비와 인력을 갖춘 곳이라니, 곳 진정되지 싶다.

동창회

110114

사무실로 J 친구가 전화 안부를 묻는다. S 친구도 전화비가 무료라며 꼭 사무실 전화만 이용하더니, J 친구도 같은 생각인 것 같다. 오늘 동창회 모임에 안 나오면 국물도 없다며 농이다. 요즈음 애를 먹고 있는 장염이 야기를 해주니, 자기가 10여 년 전부터 먹는 약이 있다며 나오란다. K 회관에는 이미 많은 친구들이 와있었다. 대부분 나오던 친구들을 만나게 되지만, 이름도 잘 기억 안 날 뿐더러 낯설기까지 한 친구도 개중에는 있다. 회관 음식은 깔끔한 맛에 서비스도 살갑기는 하다. 그러고 보니 H 친구가 이곳에서 결혼식을 올린 기억이 난다. 두 번 장가가는 친구라며 놀리지만, 다 늙은 신혼 재미가 그런대로 쏠쏠한 모양이다. 함께 참석한 부인의 얼굴도 행복해 보인다. 60대 중반을 넘기고 있건만, 노는 모습들이 아직 씩씩해 보여 좋다.

내려놓기

110116

근자엔 술 좀 마셨다 하면 전에 없던 늦잠 버릇이 자연스러워진다. 신체적 노화가 진행되는 것은 아닌지 모르겠다. 어쩔 수 없는 현실을 받아들이는 중이다. TV 자막을 미처 읽지도 않았는데 화면이 바뀔 때, 간혹 버스 승강대를 오르는데 발이 미처 따라주지 않을 때, 또 잦은 망각도 천천히 느는 것도 그렇다. 아침에 양치하면서 거울에 비친 세월의 흔적을 본다. 윌리엄 어니스트 헨리라고 했나? "천국의 문이 아무리 좁아도, 저승명부가 형벌자로 가득 차 있다 해도 나는 내 운명의 지배자요, 내 영혼의 선장이다."란 소리가 커 보인다. 어제와 같은 의욕을 유지하고자 하는 것이 목표는 되겠지만, 그것도 무리라면 탈을 부를 수 있음을 안다. 그러니 어쩌랴! 소중한 여생에 작은 일도 토닥거리며 희로애락 속에 아끼듯, 그리 살아야 할 것 같다

온양온천

110122

W 친구와 온양에 가서 온천욕이나 하고 오자며 약속했다. 옛날로 치면 일박 코스에 가까운 거리다. 금정역에서 만나 전철을 탔는데, 한 시간 반을 가도 여전히 가고 있다. 이때 배방역에서 누가 전단 주는 것을 훑어보는데, 여기도 만원의 행복이 있었다. 목적지를 예약해놓은 것도 아닌 터라 훌쩍 따라 내리고 보니, 식당에서 이미 차를 대기시켜 놓았다. 'Y' 민속 마을을 둘러보고 준비된 곳을 가면 식사가 기다리고 있을 것이란다. 버스 안은 비슷한 연배의 사람들이 적지 않게 앉아있다. 말도 많고 양반들도 많았다는 'Y 마을'을 둘러보고 나서 친구와 파전을 안주 삼아 동동주를 몇 잔 마셨다. 식당에서는 녹각주(鹿角酒)를 반주로 내어 놓고, 이어 세면도구도 나누어주는 등 서비스까지 자상하다. 온양관광호텔에서 온천욕하고 나오는데, 바로 앞에 펼쳐진 온양시장 장터가 반갑다.

기분 좋은 날

110124

소말리아 해적들에게 납치되었던 삼호상선 선원들을 UDT 대원이 특공작전을 펼쳐 구해낸 소식이다. 실망스런 뉴스 속에 모처럼 들어보는 희소식이다. 역시 강한 훈련에는 성과가 따르는 것 같다. 축구도 이란에 1대0으로 이겼다는 소식이다. 후반전에 윤빛가람 선수를 기용한 것이 잘 들어맞은 것 같다. 이번 아시안컵은 희망이 있는 것 같다. 출근하며 사무실에 산업용으로 쓰던 전기를 가정용으로 바꾸었다. 기본료 차이가 커서 손해를 보았지만, 늦게라도 피해를 줄이니 다행이지 싶다.

거대생물

110125

어느 지구생태학자의 말처럼, 지구는 봄·여름·가을·겨울의 감정표현을 하고, 자전과 공전이라는 활동을 하는 '거대생물'이라고 정의했다. 그런데 인간이라는 박테리아가 '지구생물'에서 석유와 고체에너지 같은 것들을 마구 뽑아 쓰는 통에 '지구생물'이 병들었다는 것이다. 따라서 '지구생물'이 스스로 살기 위하여 바이러스라는 약을 지구상에 살포해서 인간 바이러스를 공격하는 바이러스 대전이 불가피하다는 주장이다. 바이러스에 관한 한 인간은 속수무책이다. 인간이 몸속 박테리아를 박멸하기 위해, 페니실린을 투여하는 것과 흡사하지 않은가?

풍물시장

110129

황학동 벼룩시장이 노상에서 자리매김하며 오래 사랑을 받더니 어느 날 동대문운동장으로 옮겼는데, 다시 신설동으로 옮기며 일대가 조금 안정되는 것 같다. 오늘은 영하 10도를 밑도는 추위지만, W 친구, J 친구와 신설동 10번 출구에서 만나 골동품들을 구경하는데, 볼품없는 물건 같지만, 찬찬히 들여다보면 만든 사람들의 기지와 재간에 감탄하게 된다. 눈만 밝으면 맞춤 같은 물건도 간혹 건진다. W 친구가 생각지 않았던 절삭공구를 사든다. 풍물시장 식당에서 반주를 했지만 '광장시장'을 들러 2차를 또 하게 됐다.

KFC 이야기

110210

늦은 출근 핑계로 TV『아침 마당』프로를 보는데, 65세에 시작한 성공담 이야기다. 6살에 아버지를 여의고, 10살에 어머니마저 여의면서 옳게 배우지도 못하고, 먹지도 못했단다. 고생 끝에 번 돈으로 제조업을 차렸지만 실패했고, 수중에 남은 돈은 105달러뿐이더란다. 이번엔 트럭 위에 식당을 차려 놓고 어렵게 장사를 하던 중, 닭을 맛있게 튀기는 법 하나만 자신 있게 알고 있던 터라 기술을 전수해주고 로열티 받는 사업을 시작했단다. 1,009군데를 다니다가 1,010번째 가서 계약을 성사시키며 지금의 KFC가 됐는데, 좌우명이 "아는 것만으론 소용없다. 실행에 옮겨야 내 것이다."였단다.

어느 작가의 죽음

110211

가까운 거리에 있는 안양에서, 32세의 젊은 여성 시나리오작가가 아사했다는 보도를 본다. 지병도 있었지만 사망 원인이 굶주림이었다는데, 안타까움이 마음을 할퀸다. 월세를 살면서 가스료를 못 내 가스공급은 중단되었고, 집주인이 간혹 밥을 주기는 했다는데, 현관문에는 "누가 밥과 김치 있으면 문을 좀 두드려 달라."라고 적어놓은 메모까지 있었다는 것이 마음을 아프게 한다. 그녀도 한때는 청운의 꿈을 가졌을 것이고, 대학캠퍼스에서 학우들과 부푼 희망이 아름다웠을 터인데, 어떤 지병을 갖고 있었는지 모르겠지만, 외롭게 살다 속절없이 진 한 송이 꽃이었다. 『○○의 소나타』라는 작품도 선보였단다. "열심히 산 대가는 더 이상의 성공이 아니라 하루 더 연명하는 것이다."라는 작가의 설명이 비감스럽다. 풍요 속 빈곤치곤 너무 서러웠겠다. 고인의 명복을 빈다.

한 턱

110213

오늘 산행은 10명이 참석했다. 범계에서 만나 모락산을 오르는데 얕은 산이라며 가볍게 봤지만, 북향이라 빙판길이었다. 누군가 흙을 뿌려놔 그나마 다행이지만, 자칫 넘어지기에 십상이겠다. 정상에 자리를 펼치며 앉으니, 따뜻하고 아늑한 분위기가 된다. Y 친구는 보드카, H 친구는 오디주, K 친구는 백세주, 복분자주 외에 소주, 막걸리 등 순식간에 술 뷔페가 만들어졌다.

다 마시지도 못하고 내려오는데, 모처럼 나온 J 친구가 식사를 낸단다. O 친구도 아들이 사법고시에 합격했다며 한턱 쓰겠단다. 도리 없이 내려오는 길목의 '송이 두붓집'에서 한잔하는데, 이번엔 음식점 주인이 우리가 하는 소리를 들었는지 축하한다며 막걸리를 낸다. 배부르게 잘 얻어먹었는데, 또 B 친구와 Y 친구가 회를 사겠다며 선포한다. 피할 수 없이 과음하게 된 날이다.

역사를 고친다?

110218

길거리엔 눈이 녹다가 미처 못 녹은 곳만 몇 군데 있을 뿐, 이미 봄 기운으로 완연해 있었다. 부산 가덕도에서 팔천 년 전 것으로 추정된다는 26구의 인골이 발견되었단다. 공동묘지로 사용됐을 것으로 추측하고 있는데, 옥기(玉器)도 인골 옆에 함께 발굴되었단다. DNA를 분석해봐야 알겠지만, 우리나라 5천 년의 역사를 다시 써야 될지 모르겠다. 곰이 마늘 먹고 인간으로 환생한 단군신화도 힘을 잃게 될 판이다. 5천 년의 시간을 뛰어넘는 고고한 천혜의 한반도는 금수강산 옥토건만, 지금 구제역 후유증으로 몸살을 앓고 있다.

남산 데이트

110226

집사람과 남산 길을 걸었다. 숭례문과 연결해 축성되는 성벽을 보니 회현역의 출구에서 오르는 것과 또 다른 느낌이다. 집사람도 힘 드는 것 같은데 숨을 몰아쉬면서 열심이다. 내려올 때 케이블카를 이용할 생각으로 올라갔다. 신년원단의 장엄한 해돋이 장면 앞에서 소망을 담던 순간이 잠시 머리를 스쳤지만, 생각만으로도 그냥 애틋할 뿐이다. 타워 카페에 앉아 맥주잔 기울이며 보는 대낮 서울 전경도 그런대로 볼 만했다. 어제 토닥거린 부분을 화해하는 의미도 있어, '부라보'를 낮은 소리로 외친 뒤 마주 보면서 웃었다.

노년의 서글픔

110303

한 신부의 강연이 솔깃하게 다가온다. 선진국의 부모들은 자식이 고등학교만 졸업해도 대학에 스스로 다닐 수 있도록 자립 의지를 키워준다. 독일은 중학교부터 독립을 시키지만, 우리나라의 경우 대학은 기본이고, 결혼에다 인생 A/S까지 책임진다. 60세를 넘은 노년은 대부분이 자식에게 모든 경제적 뒷받침을 해왔기 때문에 수중에 남은 것이 별로 없다. 뉴스를 보면 선진국에서는 고급식당에 젊은 사람들을 거의 찾아볼 수 없다. 젊은이들이 공원 벤치에 앉아 빵이나 우유로 식사하는 모습이 자연스럽다. 유럽의 고급식당이나 카페에는 노인들이 대부분이다. 우리나라는 고급식당은 고사하고, 적지 않은 노인들이 건강해 보이는데도 탑골공원에서 하릴없이 소일하고 있다. 자식에게 대학공부 시키는 데 열중해왔으나, 넘쳐나는 대학졸업생 백수는 늘고 있어도 기업에서는 일할 사람이 없단다.

이웃의 재앙(災殃)

110312

일본에서 진도 8.8로 추측되는, 사상 최악의 강진이 발생하면서 쓰나미로 불리는 엄청난 재앙이 동부해안을 강타한 모양이다. 문득 관동 대지진 때 그들이 한국 사람에게 저질렀던 장면이 불쑥 떠오른다. 조선인이 우물에 독약을 넣었다며 유언비어를 유포시켜 자신들의 불행을 조선인에게 돌리면서 엄청난 대학살이 시작되었다는 이야기다. 6·25 때도 우리의 불행으로 반사이익을 보던 사람들이 지금 큰 시련을 겪고 있지만, 너무 침착하게 대응하고 있는 모습이 무척 인상적이다. 배울 점이 많은 민족이다.

백두산

110330

방사능 낙진피해가 우리나라 상공에도 날아왔다고 법석인 마당에, 이제는 백두산까지 수년 내에 엄청난 폭발이 있을 수 있다는 이야기가 솔솔 나온다. 발해의 멸망원인까지 곁들이며 겁주는 것도 아니고, 일본 학자는 한술 더 떠 백두산이 폭발할 당시의 낙진이 자기 나라까지 날아가 쌓인 5㎝ 흙을 파헤쳐 보이며, 산(山) 현장을 보여준다. 백두산이 폭발한다면 한반도에 끼치는 영향은 도표상으로만 봐도 북한을 1/3 정도 덮을, 가공할 낙진이란다. 그것도 1m 이상의 두께라니, 2012년에 다가온다는 말세론이 생각난다.

우중의 조깅

110430

아침부터 비가 온다. 주 1회 운동을 해야겠다는 생각을 하며 꾸준히 해온 것 같은데, 지난주 산행도 못 했고, 집안 결혼도 예정돼있어 운동에 차질 있을 것 같아 비 맞더라도 운동을 해야 할 것 같다. 남들은 늘그막에 뭔 정성이냐 하겠지만 개의치 않기로 했다. 안양천 코스엔 사람이 없었고, 있다 해도 우산 받치고 출근하는 사람뿐이다. 비 맞으며 뛰는 것이 처음은 아니지만, 뛰어보지 않은 사람은 상쾌한 기분을 모르지 않을까 싶다. 우선 적당한 체온 열기를 쾌적한 상태로 유지시켜 주니 자동체온조절이 따로 없다. 날파리가 얼굴에 붙는 일도 없고 먼지도 없으니, 그냥 뛰기만 하면 된다.

부양(扶養)의 그늘

110511

TV에서 70대 노부부가 남편은 치매를 앓고, 자신도 유방암으로 고통받는 상태에서 자식들에게 부담 주며 사는 것을 비관했던 모양이다. 자식들이 외출한 틈을 이용해 "아들아, 미안하다. 그리고 고맙다."라는 유서를 남기고 자살을 해버린 사건이다. 피할 수 있었을 사정이 안타깝다. 폭언과 폭행을 일삼는 자식이 있어 보호소에 앉아 신세 한탄하는 노인도 본다. 자식교육의 중요성을 생각하게 하는 대목이다. 인성교육을 소홀히 했던 부모들이 많은 것 같다. '매 맞고 자란 효자는 있어도, 턱수염 뜯는 효자는 없다'고 했던가?

모라토리엄

110521

개인도 경제적으로 회생불능 상태에 빠지면, 공식적으로 신용불량이 된다. 나라를 잘못 운영해도 비슷한 상황에 놓일 것 같다. '그리스'는 선진국으로도 흠잡을 것이 없는 나라로 알고 있는데, 모라토리엄에 몰리는 모양이다. 멋진 선남선녀들이 모여 사는 동화의 나라, 꿈 같은 나라, 옛날 신화가 아직 존재할 것만 같은 나라가 어쩌다 이 지경이 되어 파국으로 몰렸는지 모르겠다. 지금 세계가 그 일로 요동을 치면서 주식시장은 곤두박질치고 있고, 일부 투자자들은 천당과 지옥을 오래간만에 겪고 있는 모양이다.

1978년

110603

다시 가동하느니 마느니 하며 미운 오리 새끼 취급을 하는 고리 원자력발전소 1호기는 1978년에 만들어졌단다. 지금 방사능으로 몸살을 앓고 있는 일본 후쿠시마의 원자력 발전소도 그때 지은 것인데, 일본은 단가가 싼 것으로 지었고, 우리는 국민소득이 290달러밖에 안 되는 어려운 상황이었음에도, 경수로를 가압방식이라는 비싼 방식을 선택했단다. 당시 1,428억 원은 정부예산의 4배가 넘는 엄청난 금액으로, 포항제철을 뛰어넘는 금액이었다(이철호 논설위원)는데, 지금까지 값싼 전기를 쓰고 있는 대목에서, 검박하면서 열정 지극한 지도자의 모습을 보는 것 같다.

삼악산

110612

동창회 정기산행일이다. 상봉역에서 강촌이면 대략 1시간을 가야 하는데, 노구들이 자칫 늑장이라도 부리다 보면 서서 가야 할 정도로 상봉역은 붐볐다. 강촌역 앞은 식당차가 산 입구까지 왕복서비스로 실어준다. 강촌역에서 긴 다리 하나 건너 의암댐 쪽으로 조금 올라가, 진입로를 통해 폭포 입구에서 오르던 기억이 난다. 지금은 입구부터 상가(商街)시설을 해놓아 어디가 어딘지 모를 지경이다. 333고개를 넘어가는 654m의 삼악산은 북한산보다 낮았지만, 결코 만만한 코스는 아니다. 의암댐으로 내려오는 길도 조망은 좋았지만, 수월한 등산로는 아니었다.

클라우드 컴퓨팅

110616

미국의 스티브 잡스라는 사람이 아이폰, 아이패드, 넷북, 스마트TV 등 자사 물건을 연계한 데이터 집적 운영계획을 발표하면서 컴퓨터업계가 여기에 편승하지 못하는 전자산업계는 상상할 수 없고, 뒤처지면 선진국이란 말을 할 수 없다는 분위기다. 전자업계에 지각변동이 조만간 생길 것 같다. 그렇지 않아도 복잡하고 난해한 전자기기 때문에 골치인데, 어떻게 보면 잘된 것 같지만, 그것도 다시 배워야 될 걸 생각하니, 이래저래 기억력이 떨어지는 고령층만 힘들게 됐다.

평등시대

110628

양성평등 시대를 말하고 있지만, 우리 사회는 여자에게 불평등한 것 같다. 요즈음 젊은이들은 직업 있는 아내를 원하면서도 가정을 사랑하고 내 가족을 위해 뭐든지 희생할 준비를 하고 있다고 말하지만, 가사를 분담할 준비는 되어있지 않은 것 같다. 주변을 대충 둘러보아도 기업은 물론, 공공기관도 여성 고위직 자리에 인색한 것 같다. 보수문제 또한 같은 직종임에도 남성의 3/2 수준에 그친다는 통계를 보면 한국인의 여성차별이 새삼스럽다. 공무원이 그래도 좀 낳은 편이다 보니, 초등학교의 90% 이상이 여선생님이란다. 교육공무원이 여성에게 최선의 돌파구를 만들어준 셈이다. 지금은 영역이 더 넓어져 법원의 판검사에까지 여성의 진출이 괄목할 만한 것 같다. 고령화 사회니, 초고령화 시대니 하면서 노동력을 걱정하기에 앞서 유능한 절반의 일군부터 효율적으로 활용하는 것이 선진화로 가는 길 아닌가 싶다.

갓 쓴 놈

110804

"지게 지고 번 돈, 갓 쓴 놈이 다 쓴다."라더니 요즈음 IT산업에 우리의 처지 같다. 반도체 핵심부품을 어렵게 개발해 일본이나 미국 따라잡으며 세계 정상을 넘을 만하니, 다국적기업이 추월해 나가는 것을 보면서 문득 드는 생각이다. 췌장암에 걸렸다는 애플의 CEO 스티브 잡스가 클라우드 컴퓨팅이 대세라며 열변을 토하고 있다. 세계가 숨을 죽여 지켜보는 가운데 아이폰을 시작으로, 아이패드 같은 히트상품들을 연이어 내어놓는, 평범하지 않은 사람이다. 서비스산업이 커지니, 갓 쓴 놈이 다 쓰는 것 같아 걱정된다.

소양댐

110820

늦은 여름 소양댐을 구경하자고 모인 친목회가 11명 성원으로 춘천을 다녀왔다. 거대한 공작물에서 느끼는 소양댐은 삭막한 분위기는 아니었다. 멋지게 가꾸어 훌륭한 명물이 되어 있다. 선착장은 양구, 청평사 등을 쉽게 답사할 수 있게 되어 있었고, 수려한 강원도의 알려지지 않았던 부분을 편하게 들여다볼 수 있게 해놓은 것 같다. 청평사 선착장에서 오봉산 주변을 둘러본 다음, 맑은 물 흐르는 냇가 옆에 앉아 풍치를 즐기니 노부부들의 모처럼 나들이가 즐겁다. 올 때도 한 식당에서 셔틀버스로 호의를 베푼다.

공즉시색

110828

우연히 들춰보는 묵은 글귀였다. 바다는 공이요 파도는 색이다. 사람의 평온한 마음은 공이요, 거기에서 일어나는 분노는 색이듯, 공허함과 물질이 같은 이치임을 이르는 지적에 공감을 한다. 파도가 만드는 갖은 형상 속에 그것이 잦아든 다음에 오는 평온은 다시 공이니, 어찌 공과 색이 다르다 하겠냐는 설명에서, 백성호 기자의 제시가 명쾌하다. 색불이공 공즉시색을 무(無) 개념으로만 어설프게 담고 있던 것이다. 무상의 깨달음을 속세 한 복판에 펼쳐, 실현 시키려는 깊이를 가늠키 어렵다.

대공원산행(大公園山行)

110910

정기산행일이 명절 전날이라서 조금 주저했는데, 그래도 7명이 나왔다. 정말 산이 좋아 나온 친구들이었다. 대공원에서 보는 홍학 춤은 '자연과 인간이 이렇게도 어울릴 수 있구나.'라는 느낌을 받는다. 홍학 스스로 좋아 추는 것은 아니겠지만, 자태가 빼어나다. 자연에서 보기 힘들다는 눈표범도 본다. 희귀한 만큼이나 품위도 있어 보였다. 호랑이는 늘 위용이 넘쳐있다. 하도 보아서 그런지 이제는 귀엽기까지 하다. 제수씨와 큰 사위가 술판을 벌여 놓았다는 집 전화 한 통화로 모처럼 하산주를 물리고 귀가(歸家)한 날이다.

물 가

110920

출근하며 신문을 보니 82년 짜장면값이 350원이고, 소나타 찻값이 230만 원인데, 30년 된 지금 짜장면값이 5,000원에, 소나타 찻값이 3천400만 원이다. 대략 15배가 오른 셈이니 30년 후 물가 상승률을 5% 정도로 참작한다 해도 짜장면 한 그릇 값이 8만 원에, 소나타는 5억 원이라는 계산이 나온다. 막내가 대학 다닐 무렵이 되면 내 나이도 50줄에 들어 등록금마련이 부담될 것 같아 한 살이라도 젊었을 때 모은다며, 80년 초부터 매달 6만 4,200원씩 10년을 부으면 매년 230만 원이라는 등록금이 4년간 나올 것으로 무척 기대했지만, 막상 10년 뒤에는 등록금이 500만 원으로 오르면서 허망함을 느꼈던 적이 있었다. 그 당시만 해도 100만 원이면 꽤 큰돈 축에 들었지만, 지금 100만 원에 대한 느낌은 웬만한 회식자리 술값도 안 되는 돈이다. 가벼워 보이던 물가가 갑자기 괴물처럼 느껴지는 것 같다.

유달산

111001)

친구 아들이 목포에서 결혼식 하는 덕분에 목포에 가게 되었다. 목포 유달산은 평소 꼭 가보고 싶어 했던 곳이라 W 친구와 식이 끝난 뒤 유달산을 한번 올라가 보자 했더니 서로 마음이 통했다. 8시에 출발한 버스가 목포 'S 비치호텔'에 도착한 시간은 12시 반, 호텔은 유달산 바로 기슭에 자리 잡고 있어 멋진 바다가 바로 코앞이다. 혼주인 친구의 경사(慶事)를 축하해주고 유달산으로 향했다. 마당바위를 거쳐 내려오며 이순신 동상을 보고는, 구성진 이난영의 노래가 흘러 나오는 노래비에서 노적봉까지 다녀 본 뒤, 사연 많은 삼학도에 이르니, 그곳은 이름만 삼학도일 뿐 섬은 아니었다. 목포역에서 서울 올라가는 1시 30분 열차표를 미리 끊어놓고 갓바위를 들러 보았다. 빼놓을 수 없는 '북항'의 회 맛을 끝으로 가까운 '찜질방'에서 목포 여행의 여독을 풀었다.

포근한 날

111104

손자가 중이염으로 애쓰던 중, 예약해놓은 구로병원에서 담당 교수가 상태가 많이 좋아져 수술은 안 해도 되겠단다. 돌아오는 길에 날씨도 좋고 안양천이 지근거리다. 오래간만에 걸어 보기로 했다. 둑길에 무심코 떨어지는 나뭇잎이 사람 마음을 이토록 포근한 정서적 감정으로 만들어 줄 줄은 몰랐다. 한적한 길을 마냥 뛰어노는 손자와 잘 어울리는 한 폭의 그림이다. 제 키보다 큰 갈대를 신기하게 바라보고 있다. 안양천의 징검다리도 처음에는 겁먹은 얼굴로 조심조심 건너더니, 요령을 터득한 다음엔 뛰어넘는 자태까지 앙증맞다. 모처럼 마음 포근해지는 날이었다.

송구영신

111231

다 같은 날이고 달라진 것 없는 평범한 날인데, 매년 겪는 한해 끝자락에 이르면 시름에 젖고, 인생무상을 입에 담으며 상념에 빠져든다. 우선 나이가 한 살 더 얹어진다. 환갑을 넘자 세월 흐름에 주마간산(走馬看山)이 따로 없다. 연초에 담았던 소망은 마음만 있었지, 담은 것보다 떨군 것이 더 많다. 아쉽고 회한 되는 일도 적지 않다. 해맞이 하자며 길을 나선 곳은 영흥도다. 선재대교를 지나 배처럼 생긴 크루즈 펜션이다. 하룻밤 묵으며 새해소망을 기원한다고 밖을 찾는 풍경도 하나의 문화로 자리매김 되는 것 같다.

2012년

새해는

120101

새해맞이를 위해 식구들 깨워가며 밖을 나섰다. '죽도'로 불리는 '밤섬' 길이 뚫리니 개흙과 모래가 보인다. 해변 가운데로 만들어진 바닷길을 손자들이 마냥 신기해한다. 맑은 공기와 멋진 공간에서 밝게 웃는 모습을 보며 함께 나오기를 잘했구나 하는 생각이 문득 들었다. 비록 해 돋는 모습은 찌푸린 날씨 덕에 8시 10분경에만 잠깐 보았지만, 그것 말고는 모두 좋았다. 집에서 출발해 1시간 거리에 이런 곳이 있다는 사실에 무슨 개발이나 한 것 같은 기분이 드는 것 같다.

뉴스라인은 경제인연합회가 올 경제를 어둡게 보고 있다는 어수선한 뉴스다. 3%의 저성장에 주력품목인 조선 반도체 수출이 감소하고 있으며, 자동차, 기계, 철강도 동반하여 감소하고 있어 내수에 빨간불이 켜졌단다. 유럽체제 붕괴 여부가 상반기 중 판가름날 것 같은데, 만약을 대비한다며 국제금융가는 그리스, 이탈리아 은행에서 유로화 빼내 가기에 바쁘단다.

남극의 눈물

120125

토요일이 낀 덕에 이번 명절은 사흘뿐이다. 금년 중추절도, 추석이 일요일이어서 사흘로 좀 짧다. 교통대란이 눈에 보이는 것 같다. 강추위로 나들이가 불편해서 그런지 시간 보내기가 조금 무료하던 차에 TV 프로에서 『남극의 눈물』을 보는데, 너무 진한 감동을 받았다. 새끼를 낳아 기르는 펭귄 이야기로, 영하 50도에 허리케인과 맞먹는 폭풍이 수시로 불어대는 곳에서 암컷이 낳은 알을 발등에 얹어 몸으로 품고 4개월을 먹지도 못하며 서 있는 펭귄의 눈물겨운 부정(父情)을 보고니 마음이 짠하다. 세상에 태어나 처음으로 어린 새끼를 키우는 것 같은데, 누가 가르쳐주지도 않건만, 몇 달씩 굶으며 품고 있는 모습이 대견하다. 실수로 알을 놓쳐 알이 얼어 버린 한 펭귄은 알을 끼고 몇 날 며칠을 슬픈 몸짓을 하며 몸부림치는 것을 보니, 내 가슴이 덩달아 저려온다.

황금 권총

120206

비록 사진으로 보는 것이긴 해도 카다피가 죽기 전에 몸에 휴대하였다는 권총이 황금 권총으로, 총신에 보석을 박아 놓은 호화로운 물건이었던 모양이다. 주인은 비참한 최후를 마쳤으나, 주인을 지키려 했던 호화로운 물건은 결국 주인을 못 지켜준 것 같다. 탐욕이 부른 비극 같다. 한비자(韓非子)도 진시황제를 설득해 혹독한 형벌제도를 만들어 놓고 많은 사람을 죽음 속으로 몰아넣었지만, 정작 그도 자기가 만들어 놓은 형벌로 세상을 등졌다. 과유불급을 남의 이야기로만 알았나 보다.

하메족

120215

개인 가구수가 증가하고 있는 것 같다. 관악구는 전체 가구 중 76%가 독신가구란다. 고시촌이 많은 곳이라 그럴 수도 있겠지만, 노인층이 느는 추세여서 줄지는 않을 모양이다. '하메족'으로 불리는 색다른 부류도 등장했다는데, 마음 맞는 사람들끼리 모여 사는 새로운 풍속 같다. 방세는 비싸고 가진 돈이 없을 때 만들어 가는 또 하나의 필연적 문화가 아닌가 싶다. '쉐어하우스'도 '하메족'과 비슷한 생활 형식으로서 일본에서는 이미 보편화 되어있다니, 우리도 그런 문화를 받아들이는 모양이다. 대가족에서 핵가족으로, 다시 개인 가구로 변신해 가는 중인 것 같다.

여행준비

120226

W 친구와 훌쩍 여행 떠나고 싶다며 얼마 전에 말을 꺼냈으나, 엊그제 63세 노인이 배낭 메고 하동 부근에서 여행하는 장면을 TV로 보며 불끈 의욕이 생겼다. 사진기를 갖고 다니는 폼이 사진작가일 테지만, 작가가 아니면 어떤가? 여행을 좋아하는 것이면 족하지 않은가? 관매도, 장성 편백숲을 보고, 시간이 되면 순천생태공원도 보고 싶다. 친구와 이야기를 꺼내자 '자기도 가야지, 무슨 소리냐' 한다. 재작년 지리산 종주 때 함께 못한 것이 마음에 걸렸는데, 같이 여행을 떠나게 되어 무척 기쁘다. 의기투합을 기념하며 기분 좋은 대작을 했다.

노트북

120320

갖고 있던 노트북 모니터에서 가로로 생긴 잔줄이 서너 개나 나타났었다. 마침 가까운 곳에 삼성 A/S점에 수리를 맡기니 모니터만 16만 원의 견적이 나온다. 재생한 것은 13만 원이란다. 심하게 쓰는 것도 아니고 해서 재생으로 고친 노트북으로 그동안 애쓰며 만들어 놓은 앨범을 클릭해보니, 깨끗해진 화면이 무척 반갑다. 왜 진작 수리를 안 했을까 하는 생각마저 든다. 그동안 말로는 쓸 만하다며 괜찮은 척했는데, 온전한 노트북을 꽤나 원했던 숨겨온 마음을 일순 들킨 것 같다.

손쉬운 파괴

120419

하버드대학 석좌교수인 '조셉 나이' 씨는 "적은 돈으로 쉽게 개발하는 사이버 무기로 각종 군사무기체계를 교란시키고, 또 파괴도 시킬 수 있다." 미국정보국장을 지낸 '마이클 비코널' 제독은, "테러 집단들은 조만간 고도화된 사이버무기를 개발할 것이다. 이것은 핵무기와 똑같다. 다만 개발하기가 훨씬 쉬울 뿐이다."라고 말하고 있다. 2년 전 컴퓨터의 악성코드가 이란의 핵 프로그램을 감염시켜 농축해서 쓰는 원심분리기를 못 쓰게 만들어놓았단다. 미 국방장관이 '사이버 진주만 공격'을 경고하고 있는 마당이다.

항공모함이나 잠수함 또는 유도미사일, 인공위성 등 각종 첨단무기들이 사이버 무기 조작으로 무용지물이 될 수 있다는 사실에 소름이 돋는다. 세계는 이제 사이버전쟁의 맛만 보았을 뿐인데, '테러나 비국가 단체들의 사이버 공격이 현실도 다가오고 있다'는데 왜 내 마음이 이렇게 섬뜩해지는지 모르겠다

4대강

120412

W 친구와 4대강 볼 기회가 생겼다. 비가 추적추적 내려도 여주 '강촌보'라는 곳을 향해 출발하며 제일 먼저 도착한 곳은 전기를 만들어내는 황포돛배 형상의 전망대다. 2층에서 물로 자막을 섬세하게 만들어내며 떨어지는 멋진 장면을 동영상으로 찍어봤다. '여주보'에서는 자격루를 이용한 전통적 구조물과 해시계도 있었다. 댐 높이가 15M를 기준으로 해서 그 이하면 보요, 그 이상이면 댐이라는 사실도 처음 알게 되었다. 다음으로 이동한 곳은 전국 16개 보 중 가장 아름답다는 '이포보'다. 이곳은 밤에 보면 더 멋있을 것 같다. 7개의 백로 알을 형상화했다는 조형물이 아름다워 보인다.

스테이크

120422

우리 김치나 비빔밥 같은 것이 세계인의 미각을 사로잡고 있는 것 같다. TV를 통해 종종 보는 장면에서 과연 저것이 들어갈 수 있을까 걱정될 정도의 큰 음식을 입이 넣으며, 한 손으로는 이미 엄지손가락을 세워 보이는 장면을 본다. 그것만 보면 참 맛있게 먹는구나 하는 생각이 드는데, 차(茶) 마시는 장면에서는 달라진 모습을 보인다. 이런 품격도 체계화시키면 어떨까 하는 생각이 든다. 서양은 식탁에서 스테이크를 자르기 위해 칼을 휘둘러도 품격 있는 것처럼 보이니, 우리도 다듬으면 좋아질 듯 싶다.

지구의 변화

120504

10년이 넘는 것으로 기억되는 그 날은 어린이날이었다. 가족 야유회 겸 송추로 놀러 갔지만, 날씨가 추워도 야외에서 식사할 수밖에 없는 상황이어서 어린이날이 추운 때로 기억에 남아 있었다. 그런데 언제부턴지 무더운 초여름 날씨로 변해가고 있는 것 같다. 어제는 꽃 피는 순서가 엉망임을 TV 방송에서 하늘에 발고하고 있다. 버스나 전동차에서 에어컨을 켜지 않으면 불평이 터져 나온다. 지구의 변화가 너무 빠른 것 같다. 생물이 대비도 못 했는데 기후부터 바뀌는 것은 질타에 가까운 자연의 경고같다. 지구가 적절히 대응 못 해 발생하는 다음의 지구프로그램은 무엇일까?

주문진

120526

동해안을 새벽 5시경에 출발하니, 영동고속도로가 쾌속 질주다. 펜션도 넉넉했다. 바닷가엔 물속에 모여 있던 젊은이들이 추워 추워하면서도 수영까지 가볍게 하는 것을 보면 5월의 기온이라고는 믿기 어려울 정도다. 우리도 하나둘씩 운동화와 양말을 벗어들고 모처럼 바닷물에 발을 적셔본다. 옷 젖은 사람이 생기면서 여벌로 준비해간 옷이 없다 보니, 감기 들 새라 물가를 나올 수밖에 없어 서두르며 숙소로 발걸음을 옮긴다. 저녁은 바비큐로 멋진 동해에서 근사한 저녁을 한껏 즐겼다.

38년 전의 감회

120606

처제가 신촌 병원에서 수술받고 입원을 했다. 집사람과 문병 가면서 대중교통을 이용해 신촌 오거리 정거장에서 차에 내렸다. 38년 전에 우리가 결혼했던 '신촌로터리 예식장'이 바로 코앞에서 '신촌 웨딩'으로 바뀐 이름을 달고 서 있다. 감회가 새로웠지만, 지내 놓고 보니 어느새 38년이란, 강산을 네 번이나 바꾼 세월이 흘렀나 보다. 처제는 몸이 완쾌되지 않은 상태라서 조카의 간병 수발을 받고 있다. 동서는 괜찮은 친구들이 어제 문병을 다녀갔다며 만족해하는 모습이 좋아 보였고, 목소리도 힘이 들어간 것 같다.

페 루

120610

잉카의 기적을 만든 나라에 호기심이 들기는 했다. 거스를 수 없는 거대한 대자연이지만, 모든 것을 포용해주는 것도 자연이다. 대자연을 현명하게 거스르며 위대한 문화를 만들었겠지만, 거기까지였던 것 같다. 스페인 170명 군대에 5만의 군대를 보유한 잉카 문명이 무너진 것이다. 발전과정은 길었으나, 몰락은 순간이었나 보다. 후손의 삶은 넉넉하지 않은 것 같아도 표정은 평온했고, 사람들에게 다정했다. 그곳에 수력발전소를 세운다고 프로젝트 완성을 위해 답사하던 한국 기술자 14명이 헬기 사고로 사망했다는 안타까운 뉴스가 전해진다. 삼가 고인의 명복을 빈다.

여 수

120615

친목회에서 여수박람회 구경한다며 도착한 시간은 정오 무렵이다. 박람회장에 입장하며 국제관부터 들렀다. 독일관과 러시아관을 제외하고는 특이점을 못 본 채 점심을 마쳤다. 한국관을 찾았으나, 여기저기에서 나뉜 일행의 기다림이 계속된다. 시간 절약 차원에서 Y 친구와 나는 해양박물관의 아쿠아리움관에서 비를 피해가며 줄을 섰지만, 우리와 합류한 사람은 Y 친구 부인뿐이다. 기다림에 지치고 몸도 따라주질 않았던 것 같다. 야간 빅오를 묵시적으로 기약한 뒤 방 예약을 위해 관람장 나오며, 시간 반을 운행해 도착한 곳은 만성항 마을이었다. 식사를 끝낸 뒤 빅오를 보고 싶었지만, 너무 멀다며 발길이 근처 포장마차로 향하고 있었다.

여수 이틀째 아침엔 여유 있게 일어났고, 올라갈 땐 광양만으로 가면 빠를 것이라며 누가 이야기했으나, 여유 있게 운전대 잡고 있는 L 친구는 생각이 달랐던 모양이다. 자연 굴을 나올 무렵, 일행 중에 누가 비명을 질렀다. 코앞이 빅오 엑스포장이었던 것이다. 이번엔 지근거리의 이순신 대교를 한 시간 이상 돌아 광양시로 들어선 것이다. 연속 실수는 구형 내비게이션 때문이었다. 향일암 길목에서 갓김치에 막걸리 한잔이 유혹했으나, 화재 이후의 달라진 멋진 암자를 둘러보며 엉뚱한 곳 헤매느라 안타까움이 탱천했던 기분을 조금 녹인다.

아라 뱃길

120620

아라뱃길 가자며 친구들과 만난 고속터미널역은 넓기도 하거니와 3호선과 7호선에 이어서 9호선까지 맞물려 낯선 여행객에게는 미로처럼 느껴졌다. G 여행사 테마 관광 첫 방문지는 게르마늄 매트 회사였다. 멋진 선전으로 알뜰형을 Y 친구가 16만 원에 구입했고, 이어 방문한 곳에서는 H, L 친구가 36만 원 하는 홍삼 진액을, W 친구는 72만 원짜리를 샀다.

장단에서 식사를 마친 뒤 제3땅굴에 이어 세 번째로 방문한 곳에서는 꿀벌 타액으로 만든 성분을 감마선으로 쏘여 독성을 없앤 뒤 만들었다는 '프로폴리스'를 파는 곳이다. 항암, 항산화에 항염 등 거의 만병약에 가까운 신물질이라며 선전하고 있는데, 구매하는 사람은 별로 없었다. 드디어 김포의 아라 선착장에서 탄 배가 출발하면서 멋진 누각을 보여주었지만, 그 이후부터 단조로운 풍경만 보여주며 1시간 20분을 해상 실내공연으로 일관하고 있었다.

파란만장

120707

여섯 시 조금 넘겼을 뿐인데 해가 중천이다. 왠지 살아온 날들이 돌아보아 진다. 뱃속에서 해방을 맞았고, 무정부 미군정시대를 살다가 대한민국수립 두 달 만에 여순 반란이 터졌다. 진압도 못 시켰는데, 이승만 초대대통령이 집권하며 6·25를 맞았다. 북한의 계산된 전쟁은 초전에 파죽지세로 낙동강까지 밟지만, 거기까지였다. 맥아더 장군의 인천상륙작전으로 전세를 뒤집으며, 밀고 밀린 뒤 휴전한 다음 53년 제1차 화폐를 개혁했고, 자유당 부정투표로 4·19혁명이 터진다. 박정희 장군 주도로 5·16 혁명이 성공되면서 군정이 시작됐다. 61년 국토건설단이 생기고, 62년 제2차 화폐개혁 될 무렵, 내 나이 17세였다. 63년에는 파독, 66년은 파월, 70년 새마을운동, 경제개발계획, 79년 박정희 대통령의 서거 전까지 대한민국은 숨 가쁘게 달려왔고, 83년 아웅산 테러사건 뒤, 88올림픽개최와 97년 IMF를 겪으며 20세기를 보냈다. 감동의 2002년 월드컵 같은 파란만장이 새삼스럽다.

섬나라 옆에서

120811

아침 기분은 일단 유쾌, 상쾌, 통쾌다. 우리나라 올림픽축구팀이 4강에 오르더니 3, 4위전서 일본과 만나 승승장구하는 그들에게 발목이라도 잡히는 줄 알았는데, 2대 0으로 이겼다. 박주영이 일본선수 4명을 제치고 선취 골을 올리는 것을 보니, 10년 묵은 체증이 뚫리는 것 같다. 대한민국 역사상 처음으로 올림픽에서 동메달 따내는 쾌거를 이뤄내면서 올림픽 역사의 새 장을 썼다. 방송국도 같은 장면을 연신 보여주고 있지만, 하루종일 보아도 싫증이 나지 않는다. 선전포고 없이 진주만을 공격한 불신이 늘 마음에 남아있는 나라다. 그들은 자기 나라 지도에 독도가 한국 땅으로 되어 있는 것을 알면서도 독도가 자기 땅이라고 우기는 사람들이다. 위안부도 본인이 스스로 자원했다며 시치미 떼는 사람에게 더 할 말이 없다. 히로시마 원폭투하를 원망하면서, 왜 원자폭탄이 그곳에 떨어졌는지에 대해서는 침묵하는 사람들이다.

파주 에이리

120819

엇그제는 광복절이라며 외식하면서 맛난 음식을 푸짐하게 먹었는데, 오늘은 파주에 있는 에이리에 가잔다. 이름도 생소해 낯설었고, 너무 잦은 나들이 같아 사양했지만, 집사람은 내가 안 가면 자기도 안 가겠단다. 나도 못 이기는 체하며 길을 나섰다. 에이리는 게이트마다 지어 놓은 큰 건축물이 10여 개 단지로 형성되어 있어서 넓지만 잘 어울린다. 예술품 공간과 생활용품 공간을 아우르며 대단위 문화시설로 기지개 켜려는 것 같다. 경기 서북부 주민들의 문화 공간을 만들어 놓으려는 것이 아닌가 싶다.

멜로스의 비극

120916

북으로 북한, 러시아가 있고 동으로 한국을 식민지화시켰던 일본이 다시 독도를 핑계 삼고 있다. 서쪽은 중국이 동북공정을 들먹인다. 모두 강대국이다. 아테네, 스파르타가 전쟁을 일으킬 때 중간엔 멜로스라는 작은 나라가 있었단다. 아테네로부터 중립을 폐하고 스파르타와 함께 싸우자는 제휴가 들어왔으나, '우린 중립국이니 상관 말라'며 강하게 나오자, 아테네가 멜로스 국민을 학살하고, 여자와 아이는 노예로 만들었다. 스파르타는 멜로스를 위하여 싸우는 모험을 하지 않았다. 우리가 국력을 키워야 할 당위성을 갖는 이유다.

소래 포구

120923

후덥지근하던 날씨가 엊그제 같더니, 어느새 조석으로 시원해지는 것 같다. 어제와 오늘은 날씨가 너무 멋지다. 사위들도 같은 마음을 가졌는지 소래 가자는 소리가 나오면서 막내까지 동원되어 길을 나섰다. 가만히 보니 큰애 생일을 겸한 나들이 같다. 잠시 후 도착한 소래 입구는 적지 않은 사람들이 소래대교 입구부터 노상 주차장으로 만들어버렸다.

차선 바꾸어 협궤 다리 인근에 차를 주차하고 협궤다리를 들어서니, 의외로 단축된 길이다. 길목에 차려진 풀빵, 호떡, 천원 하우스에 막걸리까지 아기자기했다. 한쪽에는 할머니들이 벌여놓은 각종 나물 좌판이 정겹다. 소래 시장과 직접 연결되는 새 길을 만들어놓아 많이 편해진 것 같다. 싱싱한 어물들을 이것저것 챙겨본 다음, 소문난 매운탕 집에서 식사하는데, 좌석은 좁았지만 차려 내온 매운탕이 맛나고, 생일 축하해주는 잔정 담은 모습들이 마음을 편하게 해준다.

개 꿈

121013

지금도 자고 일어나면 자신이 꾼 꿈으로 황당하고 어이없어할 때가 가끔 있다. 군 생활을 마감한 지 오래다. 몇 년 정도라면 이해되지만 삼십 여년이 흘러갔으니, 이제는 잊을 만한데, 까마득한 옛날 그 시대 이야기를 새로 만들어가며 꾸어대는 것을 보면 어이없다. 생시와 달리 시차 적응도 전혀 되지 않는다. 옛날 기억세포가 굳어서 혼자 상상한다. 어쩌다가 돼지꿈이나 대통령 만난 꿈을 꿀 땐 복권판매소를 기웃거린 적도 있다. 그러나 역시 개꿈이었다. 내일 마라톤이 있어 일찍 자려니 그것도 마음대로 안 된다.

하이서울 마라톤

121014

시청 앞 광장은 북새통이었다. 친구와 호흡을 맞춰 가며 5km를 반환하니, 친구 허리에서 통증이 오는 모양이다. 나도 6km 정도를 달리니 좌측 고관절에서 조금씩 통증이 오는 것 같다. 도착한 결승점에서 1시간 10분 38초라며 문자로 알려온다. 생각보다 괜찮았다. 광장 부근에서 만난 Y 친구가 알려준 곳을 바라보니 집사람과 친구 아주머니가 나와 계신다. 식사한다며 광장시장 'S네 빈대떡' 집을 들어섰다. 구수한 냄새와 더불어 듬성듬성 둘러앉은 자리가 낯설지 않다. 우린 녹두빈대떡에 막걸리로 건배를 했다. 몸은 피곤했지만, 마음은 한결 편해졌다.

울진으로

121020

친목회원 11명이 아침 일찍 울진으로 길을 잡았다. 제천, 단양, 영주, 풍기를 거쳐 봉화 불영계곡으로 접어든 뒤 불영사에 들어서니, 적당히 물든 단풍과 함께 들어앉은 산사(山寺)가 고즈넉하다. 수억 년을 아기자기하게 빚어온 성류굴, 얼마나 긴장하면서 구경을 했는지, 동굴 보고 나오는데 쓰고 다니던 모자에 땀이 밴다. 다시 관동8경이라 부르는 월송정을 보고 울진으로 들어선다. 덕구 온천서 여장을 풀 무렵엔 해가 뉘엿뉘엿 저물 준비를 하고 있다. 아주머니들은 온천욕장으로, 아저씨들은 울진항에서 떠온 회로 반주를 곁들이며 여독을 푼 뒤, 매운탕을 만들어 마나님 앞에 올렸다.

환선굴

121021

친구들과 온천욕을 하고 일찌감치 길을 나서려는데, 내려올 때와 다른 코스로 구경하면서 올라가자는 의견에, 환선굴로 가기로 했으나, 망양정을 얼결에 지나쳐버렸다. 환선굴로 방향은 잡았지만, 동해시에서 37km 지점이니, 다녀 나오는 데만 1시간을 넘는 것 같다. 귀경시간이 촉박했으나, 대다수가 환선굴을 원한다. 매표소에 송이버섯처럼 만들어놓은 엠블럼이 앙증맞다. 모노레일을 타고 올라가는 과정도 새롭다. 내부도 웅장하고 넓은 동굴을 새로운 차원으로 인식시켜 준 것 같다.

통 영

121026

온 식구가 통영으로 출발한 시간은 9시. 호기심 섞인 즐거운 표정들이다. 통영에 도착하며 보니 2시 반, 장거리 운행하고도 피로한 내색하지 않고 편한 표정을 짓는 사위들이 듬직해 보인다. 물건도 마트에서 대부분 사야 할 처지다. 대전 동서로부터 안부 전화가 온 김에, 통영가는 길이라고 하자 즉각 답변이 나온다. 동서 식구들은 오후 1시경에 만나게 될 것 같다. 저녁 땐, 손자들 노는 것을 보며 사위들과의 정겨운 술자리가 만들어진다.

외 도

121027

아침부터 비가 조금씩 내리고 있었지만, 해금강 십자 하늘에 대한 설명이나 섬 주변을 멋지게 설명해주는 선장도 변함없는 것 같은데, 외도만큼은 꽤 다듬어져 있었다. 섬에 들어서는 사람들 표정에서 배삯을 포함한 1인 2만 4천 원이 값을 하는 것 같다. 거제도에서 통영으로 가는 길목에서 장대비로 인해, 코앞의 길을 거짓말처럼 2시간이나 걸려 동서 식구들을 통영 시내에서 만났다. 처제의 치료 예후도 좋아 다른 사람들도 마음이 편해진다. 쌍둥이를 돌보는 조카도 좋아 보였고, 걸쭉하고 넉살 좋은 동서 입담은 변함없이 좌석을 웃음바다로 만들며, 통영의 밤을 낯익은 곳처럼 만들어 놓는다.

배 려

121102

울진여행 중, L 친구 처로부터 W 친구와 나는 전생(前生)에 부부였을 것이라는 소릴 하더라며 친구가 이야기한다. Y 친구가 나와 W 친구 사이를 부러워했던 적은 있었다. 그러나 친목회 아주머니로부터 들은 것은 뜻밖이다. 티 나게 않으려고 애썼던 것 같은데 그렇게 보였나 보다. 각별한 인연을 늘 기억하며 지내다 보니, 남들 눈에도 깊은 우정으로 보였나 보다. '진실된 친구 하나면 족하다'는 친구가 내게 있다는 사실도 뿌듯하지만, 다른 친구도 소중하다.

우중의 소요산

121111

소요산도 아침부터 비가 왔지만, 평택에서 4시간 가까이 걸려 참석한 Y 친구를 포함해서 10명이 나왔다. 12시까지는 비가 와도 산행을 하자는 의견이 모아졌다. 걸으면서 깨끗해진, 아름다운 단풍을 보고 다들 신음 같은 감탄사를 연방 털어놓으며 사진 찍기에 여념 없다. 길에 떨어진 단풍과 진입로에 늘어선 빨강, 노랑 단풍잎은 멋진 한 폭의 그림이었다. 일주문을 거쳐 자재암에 닿자, 요석 공주와 연을 맺은 원효대사 이야기가 꽃을 피운다. 관리를 잘해놓은 덕에 108계단까지 밟아보지만, 볼거리를 가급적 편하게 볼 수 있도록 배려해 놓은 듯, 멋진 추억을 담고 온 우중의 산행이 되었다.

장수가 죄?

121123

장수는 인류가 만든 중요한 업적 중 하나다. 요즘은 노인들이 무슨 장애라도 되는 것처럼 매일 고령화에 집중 코멘트다. OECD 국가 중에 노인 자살률이 가장 높다는 이야기는 남의 이야기로 듣는다. 오늘의 대한민국을 애써 만들었고, 공치사하자면 그 혜택을 가장 많이 받으며 자란 세대가 그런 소리를 하고 있다. 물론, 젊은 사람 앞길 막는 데 동의할 고령자는 없다. 그러나 한 치 앞도 못 보면서 2십 년 뒤, 심지어는 2050년까지 내다보며 산수(算數) 하는 이유는 제 밥그릇 손해 볼까 걱정되는 속내는 아닌지? 머지않은 자신들의 미래라는 것도 기억해두었으면 좋겠다.

종말론

121221

아침부터 조금씩 내리기 시작한 눈이 꽤 쌓인다. 내일 밤부터 추워질 것이라는데, 멋진 설경이 어울리는 크리스마스가 기대된다. 드디어 지구 종말이 온다는 2012년 12월 21일이다. 그러나 아무 일도 일어나지 않았다. 지구 종말을 예고했던 잉카의 후예들은 다시 말을 바꾼다. 지구의 종말이 아니고, 발전하는 5천 년의 새 역사를 다시 시작하는 의미라고…. 미 항공우주국에서도 지구의 종말은 결코 없다며 단언했지만, 세계도처에서 적지 않은 사람이 도피처를 마련해놓고 수선 피우는 광경을 보았다.

쇄잔해지는 것

121222

"늙어 병드는 것은 당신의 잘못이 아니오. 자식들 그만큼 키워 잘 살게 하려고 그리된 거여. 그렇게 애썼으니 아픈 게 당연하지, 그러나 걱정 마오. 이젠 내가 당신을 지켜줄게…." 아침방송에서 한 노인의 잔잔한 외침이 마음을 짠하게 한다. 늙은 사람에게 가장 무서운 것이 질병이다. 도둑은 있는 것이나 가져가지만, 병은 없는 돈도 가져간다. 그래서 자식들 힘들게 안 하려면 우선 건강해야 되는데, 이것은 선택이 아닌 필수다. 열심히 운동하며 관리하는 것도 애들에게 짐이 되고 싶지 않아 하는 것이 아닌가. 세월의 무게가 한 해 한 해 몸의 기를 빼 가는지, 평소 내 할 일을 날씨 이유로 미루거나 바꾼 적이 없었는데, 이제는 걸핏하면 날씨 탓하며 마음먹던 일을 미루거나 생략해버리는 일이 잦아진다. 오늘도 할 일을 놔두고 춥다는 이유로 미루었다.

미국의 힘

121224

지금 미국은 과연 우리의 맹방인지, 의문 가는 대목이 신문을 장식한다. 2013년 미 국방수권법에서 한반도 전술핵 배치를 삭제했고, 미·일 안보조약은 강화되었단다. 거기에 한국 언급은 없었다는 이야기다. 미국은 자국 본토에 미사일 방어계획까지 강화하고 있다. 초강대국도 자국의 방위계획을 저토록 철저하게 대비하는데, 중국, 러시아, 일본 등 하나같이 우리보다 강한 나라들을 주변에 두고 있는 우리는 이제 믿을 곳이 딱히 없다. 마주 보고 있는 나라는 지구상에서 가장 끈질기고 강력한 무기를 가진 북한이다. 핵무기까지 개발해 놓고 추진로켓을 성공 시키느라 전력을 다하고 있다. 우리의 미사일방어망은 거리도 제한돼 있고, 핵무기 하나 없는 실정이다. 그렇기는 해도 우리는 그동안 전쟁 없이 국력을 일구었고, 주변 열강으로부터 간섭당하지 않은 이유를 깊이 사색해야 할 필요가 있을 것 같다.

2013년

가평구경

130105

광화문역 부근, 관광버스에 올라탄 집사람이 놀라는 표정이다. 슬렁슬렁 어울리다 올 생각이었는데 승객들이 너무 어리니 그랬을 터다. 허나 어차피 탈 때도 그렇듯, 내린 다음 관광지에서 즐길 때도 서로 어울릴 일 없으니 걱정은 기우다. 10시에 도착해 오후 4시까진 자유시간이다. 눈썰매장으로 가면서 집사람에게 타보자니 싫단다. 평소에 타고 싶어 했던 사륜오토바이도 권했더니 겁난다며 피한다. 날씨는 영하 1도에 바람 없이 상쾌했다.

낚시터에서 오후에 고기를 넣는다는 방송을 듣고, 낚시 도구를 구해 얼음 구멍에 넣으며 들여다보니 물이 너무 맑다. 먹이 구경만 하고 지나가는 송어를 볼 때는 공연히 고기 놓친 기분이 든다. 옆 사람들이 고기를 낚아 올릴 땐 덩달아 웃지만, 한 마리도 못 잡고 2시간 반을 떨었다. 다음 행선지는 '아침고요수목원'이다. 6백만 개의 LED 전구로 만들었다는 불빛은 5시 반이 되어야 빛을 뿜는다. 나무를 이용해서 일대를 환상의 공간으로 만들어 놓았다.

감 동

130116

무심코 TV를 보는데, 잘생긴 청년이다. 머리를 거꾸로 바닥에 대고 현란하게 몸을 돌리는 춤인데, 여기까지는 평범했다. 호젓한 울산해변 소형차량 호떡 가게 앞에서 그 청년이 중년 남자를 끌어안고, 함께 있는 아주머니도 안아준다. 서로 수화를 하고 있는데, 청년의 부모님 같다. 두 분이 모두 언어 장애를 가진 모양이다. 반듯한 말씨와 성장한 모습이 인상에 남는다. "말만 못하셨지 자식을 사랑하며, 키워주고, 가르쳐주신 것은 어느 부모님과 같다. 부모님이 존경스럽다." 장한 아들이고, 대단한 부모님이었다.

남도여행 계획

130128

사무실을 정리하고 있는데, W 친구에게 전화가 온다. 5월을 전후한 도보 여행문제를 의논하잔다. 노량진서 만나기로 하고, 수산시장 2층에 있는 횟집에 엉덩이를 내려놓고 메뉴를 보니, 회 한 접시에 7만 원이다. 밑반찬도 많이 나와 오래간만에 술을 주거니 받거니 하며 취흥이 분분할 무렵, 도보여행 문제를 이야기하는 대목에서 볼 것 많은 남해안을 도보 위주 여행으로 하자는 데까지 의견이 모인다. 뜻이 맞고 여건이 허락되면 특별한 계획은 따로 세우지 않았어도 자주 실행해왔었다. 이번은 열흘이라는 기간이 있어 의논이 필요했다.

겉모습

130207

"바삐 사느라 누구도 처다볼 겨를이 없었는데, 다른 사람 의식해 공연히 책잡히지 않고 사느라 칩거생활 하듯 1년여를 살았다." 어느 연예인이 실토하는 자리에 함께 참석했던 연예인이 이구동성으로 반색한다. 어찌 그 일이 연예인에게만 있을까 마는, 우리나라에 명품이 잘 팔리는 이유를 알 것 같다. 소장품 하나를 3억에 내놨는데, 팔리지 않아 오기(傲氣)로 10억에 내어놓으니 팔리더란 이야기를 신문에서 본 적이 있다. 그랜저 승용차가 고급으로 분류될 때, 지하셋방에 살면서 그랜저 타고 다니는 모습도 한땐 흔했다.

향로봉

130217

오늘 불광역 산행은 항공대에 재직했던 H 친구가 처음으로 나오면서 성원이 15명 됐다. 산에 갈 때는 꼭 연락 달라던 친구다. 초보라더니 우리보다 적극적이고, 산행 실력도 장난 아니다. 퇴직하면서 15kg을 뺐다는데 의지도 대단하다. 나이도 있는데 너무 무리한 것 아니냐니까, 죽기 살기로 뺐단다. 고독과 건강을 극복해 보려는 나름의 대안을 등산에서 찾아보려는 것 아닌가 싶지만, 소리는 요란해도, 힘은 부치니 중도 하산도 잦아진다. 그래도 열심히 나오는 것은 친구가 좋아서일 테니, 팔순까지 이대로 갔으면 좋겠다.

부녀대통령 탄생

130225

박근혜 씨가 오늘 대통령 취임을 하면서 정식으로 제17대 대통령이 되었다. 어머니를 흉탄에 잃고, 아버지마저 부하 직원에게 잃었지만, 불행한 대한민국 역사이기도 하다. 문세광 흉탄에 쓰러진 육영수 여사의 운구가 흰 국화꽃에 덮여 청와대 정문을 벗어날 때, 아내의 마지막 길을 마중하던 박정희 대통령이 손수건을 꺼내 눈물 닦는 모습을 보고, 많은 국민이 함께 울었던 기억이 눈에 선하다. 이 같은 고난을 모두 극복하고 대통령 자리를 33년 만에 오른 것이다. 이제 첫발을 내딛고 나가면 될 것 같다. 대한민국 파이팅!

열 공

130312

무엇을 즐기든 거기에는 이유가 있겠지만, 내가 드라마를 좋아하는 이유는 우선 기다리는 맛이 사람을 즐겁게 한다. 그 시간만 되면 신경이 쓰이고, 나도 모르게 눈길이 TV로 간다. 남의 인생경험을 간접적으로 짧은 시간에 느껴보는 희열도 있다. 내가 해보고 싶었던 것이나 못해본 부분에 대한 대리만족도 있고, 보다가 싫으면 안 봐도 되고, 생각 날 땐 다시 볼 수 있으니 좋다. 어느 때는 몇십 년을 거슬러 올라가는 것도 흥미롭다. 어디 그뿐인가? 출연하는 사람이 못된 짓을 하면 대놓고 욕을 해도 그 친구는 못 알아들으니, 스트레스 해소에도 그만이다. 이젠 드라마가 끝나면 서운해진다.

새끼줄

130404

4월 들어서며 근래에 보기 드문 바쁜 스케줄이 만들어졌다. 어머니의 기일을 시작으로, 친구 고희연회가 있다는 연락에, 10일은 집사람 병원 재검받는 날, 13일은 청주 처조카 결혼하는 날로 청첩장이 도착해 있고, 이어지는 14일 정기산행일이라 빠지기 곤란한 날, 17일은 집사람 생일이다. 해주는 것 없이 마음만 바빠지는 날이다. 또 20년지기 친목회가 20일 있고, 21일은 지방에 있는 L 친구 차남결혼이라며 청첩장이 와있다. 내가 산악회 일을 맡고 있을 때 선유도까지 회를 들고 찾아와준 친구다. 24일은 동창 임원회의라는 문자메시지가 대기 중이다. 27일 간장 내리는 날, 29일 남도여행 출발하는 날 등, 이쯤 되면 모두 소화해낼지 의문이지만, 웬만한 회사 사장님의 스케줄 수준은 아닌지 모르겠다. 바쁜 것도 좋지만 내 나이의 스케줄로 조금 무리다 싶어 머리가 조금 무거워지는 것 같다.

있을 때 잘해?

130419

분당에서 출발하여 제주도까지 걷기로 작정하고 나선 노인이 있다. 머리는 허연데, 인도도 없는 길을 터벅터벅 걷는다. 무슨 사연인지, 방송 제작진도 사연을 알기 위해 무턱대고 따라 나섰나 보다. 질문에 대답도 안 하고 그저 땅만 보고 걷는다. 그러기를 다섯 시간, 어두컴컴해지면서 여관에 들른 노인은 비로소 말을 꺼낸다. 사진 인물은 자기 아내인데, 3년 전에 암으로 먼저 간 사람이란다. 전에 자기에게 제주도 한번 가자는 말을 그냥 흘려들은 것이 후회되어, 부질없는 짓인 줄 알면서도 사진 들고 아내의 영혼과 제주도 가는 중이란다. 공연히 콧등이 시큰해진다. 보름 만에 분당에서 대구까지 걷다 보니, 발은 이미 짓물러 물집이 발바닥에서 발가락까지 안 잡힌 곳이 없건만, 물집을 바늘로 찔러 빼고 밴드를 바르면서 제주도 바다 앞에 섰다. 그때서야 웃으며 아내 사진을 안고 포즈를 취한다. 도보여행을 앞둔 입장에서 찡한 마음이 잔잔하게 다가온다.

보 수

130421

집사람은 초등학교 동창회에서 영월에 놀러 간다며 집을 나섰고, 둘째는 안사돈의 생일이라며 집을 비웠다. 막내는 친구와 노느라 집에서 나갔고, 일요일이니 큰애는 올 일이 없어 오래전부터 별러온 화장실 문을 보수하기로 마음먹었다. 빠대, 페인트 등을 내놓고 작업하려니, 깎아 놓은 문에 칠해야 할 부분이 고르지 않아 더 다듬어 손질을 마무리해야만 했다. 바르고 말린 다음, 덧땜하고 다시 말리는데, 냄새가 심하다. 창문을 열어젖히고 마감으로 페인팅을 하는데 유성임에도 덧칠을 해야 한다. 서툴다 보니 조금 힘들고 불편했지만, 문짝 하나 바꾸어야 될 것을 보수해서 쓰는 것이니, 이 정도는 감수해야 할 일 아닌가 싶다. 마무리 작업을 하고 나니 거짓말 조금 보태서 거의 새로 만든 문짝 같다. 막내가 들어오고 이어서 둘째, 그리고 저녁 10시 반에는 집사람까지 밝은 얼굴로 웃으며 들어선다.

여행의 뒤끝

130509

열흘간 남도 도보 여행을 성공적으로 모두 마무리하고는 남부터미널역에서 친구와 한잔 걸친 뒤 집으로 들어서며, '집 나가면 개고생'이라는 말로 미안함을 대충 얼버무렸지만, 내 몸은 이미 실컷 난타당한 것처럼 뻐근해 있었다. 다녀온 곳을 정리할 생각을 하려니, 여행 다녀온 과정이 머릿속에서 뒤죽박죽이다. 여관에서 뒤척이던 기억, 터미널에서의 방황, 나오는 차량이 없어 무작정 앉아 기다려야 했던 순간, 생각지 않았던 곳에서 보는 멋진 곳들이 순간순간 천천히 풀리며 흔적이 조금씩 되살아나기 시작한다.

외유내강(外柔內剛)

130520

4·3사건을 『지슬』이라는 이름으로 영화를 만들어 『남영동 1985년』과 함께 독일에서 상영을 한 모양인데, 충격으로 받아들여진 진위야 어찌 되었건, 우리는 운명처럼 강대국들의 틈바구니에서 자중지란에 빠져 서로를 할퀸 역사가 더 많다. 430여만 명의 사상자를 낸, 전대미문의 동족 간 전쟁도 나라를 살리는 싸움은 아니었다. 일본과 중국은 다른 나라 탐하는 전쟁을 벌였고, 그 대상엔 늘 우리나라가 들어 있었다. 지금도 일본은 독도를, 중국은 동북공정을 준비하고 있다.

소금강

130608

동창산악회가 1박을 계획하고 횡성서 11명이 모였다. 소금강 오르는 계곡은 흐르는 물이 황금색 물빛으로 비치며 화려하기 그지없다. 기암괴석에 소(沼)와 폭포가 층암절벽과 조화를 이루며 소금강의 진수를 보여준다. 구룡폭포 앞에 하나같이 카메라에 얼굴 담느라 여념없다. 아홉 마리 용이 승천했다는 전설을 담은 구룡폭포를 뒤로하고, 내려오는 발길은 그래도 아쉽다. 만물상 계곡이 시작된다는 낙영폭포를 포기했기 때문이다. 주문진을 내달려 매운탕거리와 함께 회를 떠오니, 편안하고 즐거워지는 것 같다.

노인봉

130609

자정까지 술을 마셨지만, 뒤풀이 없이 조용한 분위기를 유지하며 잔 것 같다. 노인봉은 진고개 쉼터를 8시 20분경에 지나가며 정상에 도착해서 시계를 보니, 9시 40분이다. 안내판에는 3시간 소요되는 것으로 표기되어 있어 힘든 산행을 예상했는데, 의외다. 그래도 '노인봉'이라는 이름이 왠지 동질감을 느끼게 해준다. 초입은 넓은 개활지로 탁 트인 경관을 보여주는가 싶었는데, 점점 치닫고 오르는 중반까지 급경사 코스였으나, 이후부터는 산행이 다시 순탄해진다. 등산로도 숲이 하늘을 가려준다.

대청봉

130613

대청봉을 오르기로 하고, H 친구가 동네까지 차를 몰고 온 덕에 수월한 출발은 했지만, 함께 탄 아주머니를 보니 걱정이 앞선다. 나이도 나이지만 자신 없는 말투였다. 과연 대청봉까지 오를 수 있을까 하는 의구심이 앞선다. 허나 능숙한 운전솜씨만큼 여유 있게 웃고 있는 친구를 믿기로 하고, 출발한 시각은 6시경이다. 오색약수터에서 남설악 탐방소를 통과한 시간이 10시. 원점 회기 산행이라 늦어지는 사람을 뒤로하며 친구와 앞섰으나, 설악 폭포지점에서는 친구도 처지기 시작한다. 대청봉에서 만나기로 하고 앞서며 정상에 도착하니, 2시 20분이다. 5.1km의 지루한 등반이었다. 헌데 물이 바닥났다. 3시경 친구가 올라왔고, 10여 년을 벼르며 각고했다는 아주머니들도 4시를 조금 넘기며 모두 해냈다. 기념사진 찍고 하산을 시작했다. 7시 20분 탐방소에 도착했는데, 1km 부근에서 막내 아주머니에게 약간의 문제가 생긴 모양이다. 탐방소에서 랜턴을 빌려 다시 올라가면서 무척 고된 하루를 보내기는 했지만, 기억에 남는 하루였다.

우주(宇宙)

130623

인체의 신비는 간혹 들어본 덕분에 미천하게나마 알고 있으나, 들어 볼수록 신비롭지만 때로는 황당했다. 인체에 죽어있는 시체로, 털과 손톱을 이야기한다. 과학이라니 믿을 수밖에 없지만, 민망하기 짝이 없다. 인체를 우주와 비교하는데, 우주여행 2년 9개월을 다녀오고 나면 지구에 남아있던 친구 나이가 20년 세월을 만들어 놓을 것이라는 말에는 선뜻 동의가 되지 않는다. 6개월간 우주에 다녀온 우주인들로부터도 그런 이야기는 알려지질 않은 것 같다. 그러나 벌레가 쓰러뜨린 거목에 식물이 뿌리내리며, 동물이 의존하는 흙으로 만들어버린다. 자연 윤회 섭리를 보는 것 같다.

격이 다르다?

130708

아시아나 항공기가 미국 샌프란시스코에 착륙 도중 비행장에서 사고를 일으켜 사망 2명과 적지 않은 부상자를 만든 사건이 발생했다. 공교롭게도, 국내에서도 같은 날 버스가 학생들을 태우고 운행하던 중 빗길에 미끄러지면서 2명의 사망자가 생겼고, 부상자도 적지 않게 발생한 사건이 있었다. 사망숫자로 따져도 비행기 사망자와 같고, 아직 밝혀지지 않았지만, 부상자도 적지 않게 발생했을 정도로 버스가 크게 뒤집혔다. 버스사고 보도는 그것으로 끝이었지만, 아시아나 항공기 사건은 연일 보도였다.

일산 친구

130730

난데없이 일산에 사는 P 친구로부터 '지나가는 길에 지금 가리봉에 와있다'며 나오란다. 안 그래도 아침에 스카이 안테나를 단다며 사람이 와서 오전 내내 씨름하다가 지금 막 끝내고 식사하려던 참이라, 세면도 못 하고 텁수룩한 수염에 양치만 하고 나서며 광명시장 원조할머니 빈대떡 집을 찾아 들어서니, P 친구가 S 친구와 웃으며 앉아있다. 산에서는 자주 보지만 이곳까지는 수월치 않은데, 여기까지 와서 불러주는 성의가 고맙다. 한전에서 근무하던 친구로, 퇴직하고는 산수 좋은 가평에서 살다가 정 못 붙이고 다시 서울로 나온 친구다. 걸핏하면 시골에 내려간다는 말을 함부로 말라며 경각을 준다. 자신도 처남이 사는 동네라서 믿어라 하며 시골로 내려갔지만, 시골 사람들이 여지를 주지 않아 정착에 실패한 모양이다. 그래도 시골 내려가겠다면 세(貰)로 1년 이상 살면서 적응을 해보다가 결정해야 실패율을 낮출 것이라는 이야기를 해준 바 있어, 현실적 가르침 한 수를 잘 배운 친구다.

국립박물관

130731

오래전부터 가봐야 되는 곳이란 생각을 하던 중, 마침 시간이 맞아 친구와 함께 보게 됐다. 이슬람문화기획전시관에서 입장료 6천원 받는 곳을 지나치며, 박물관을 들어서니, 건물은 잘 지어진 것 같은데, 비교되는 전시물과 기획된 모습, 안내 표지판의 정리가 안 된 것 같다. 유구한 역사를 뽐내는 우리는 천지가 유물인데, 여기에 진열되어 있는 빈약한 전시물은, 무슨 일인지 모르겠다. 외국인도 눈에 띄었지만, 오천년을 자랑하는 박물관을 관람한 느낌이, 어떨지 궁금했다.

태안 신두리

130803

새벽 3시부터 서둘며 나서는데, 손자들은 새벽임에도 기대가 부풀었는지 눈이 초롱초롱하다. 날씨도 걱정한 것보다 훨씬 좋았다. 신두리에 도착하니 7시를 조금 넘는다. 펜션 개방은 멀었지만 상관없었다. 펜션 인근에 있는 해안사구의 완만하고 넓은 모래언덕을 보니 가슴을 펴고 싶을 만큼 기분이 상쾌해진다. 준비해간 돗자리를 펴는 중에 손자 놈들은 이미 바닷가로 뛴다. 이곳저곳을 실컷 뛰어논 것 같은데 9시니, 얼마나 오붓한지 모르겠다. 처가 식구도10시 무렵에 도착했고, 피서 분위기가 무르익는다. 온 식구들이 바닷가에 나가 잡는 어패류가 너무 잘 잡히니 신기할 따름이다.

비타민 'C'

130809

우연치 않은 기회에 비타민C를 먹기 시작했다. 몇 년이라 잘라 말할 수 없지만, 꽤 오래 복용해 온 것 같다. 서울의대 교수로 있으면서 세계 100위권에 드는 의사로 선정되었다는 이왕재 교수가 비타민C 예찬론을 펼치는데, 설명이 체계적이고 가족 체험담까지 섞어가며 설득력 있게 스마트 폰으로 알려주어 유익하게 보았다. 비타민C가 대장암에도 도움을 준다는 부분에서는 대장내시경을 볼 때마다 용정을 보는 내게 비타민C가 효과 있다니 우선 반갑다. 근자에 비타민 불용론이 방송을 탔는데, 적절히 등장한 것 같다.

머피의 법칙

130810

열대야에 몸은 곤죽이 되어 심신이 비정상 같고, 여기저기에서 고장 나는 소리가 아우성처럼 들린다. 안방에서 보던 TV가 갑자기 고장이더니 보일러도 탈이 났다. 한여름이라 급하지는 않아도 견적을 떼어보니 17만 원이 든단다. 둘째가 돈을 대겠다고는 하지만, 둘째 돈은 돈 아니겠나 싶다. 게다가 엊그젠 둘째의 차가 아파트 내에서 접촉사고까지 발생했다. 머피의 법칙처럼 막 터진다. 한 번 고장나면 노력과 비용이 늘면서 고생도 보태게 마련이다. 가급적 평소에 잘 관리하는 것이 상책이다.

폭서 산행

130811

아마 올 들어 가장 더운 날이 아닌가 싶은데, 동창 정기산행일로 도봉산에 오르는 날이다. 이 더위에도 16명이나 참석한 친구들이 반갑다. 자현암(慈賢庵) 이정표에서 본 원통암에 오르는데, 도봉산 냇가는 더위를 피해 온 사람들로 이미 인산인천(人山人川)이다. 얼마를 오르자, 아침 6시부터 자리 잡아놓았다며 농 건네는 회장을 보면서, 냇가에 발 담그며 마시는 자리로는 다소 비좁기는 했다. 시간이 흐를수록 조금 더 머물고 싶어 하는 눈치다.

세계기록문화유산

130814

새마을운동이 세계기록문화유산으로 정식 등재된 것 같다. 오늘날 대한민국 발전의 지렛대 역할을 했던 새마을운동은 세계문화유산의 특징처럼 오래된 문화는 아니다. 불과 40여 년 전의 우리 민족의 유산이다. 지금은 아프리카나 동남아시아에서 신흥국으로 발돋움하는 국가 성장 아이콘으로 자리 잡고 있는, 자랑스러운 우리 문화유산이다. 후세대들이 눈부신 발전을 거들며 경제선진국으로 일궈나가고 있지만, 초고령 노인이 새마을운동 시대에 함께 참여했던 세대라는 것이 너무 자랑스럽다.

방 문

130824

폭염이 다음 주까지 이어질 것이라는 기상대의 예보다. 피곤까지 겹치는 더위가 지루했지만, 아침 일찍 구름산에 다녀와서 그런지 조금은 개운해졌다. 조금 있으니 집사람으로부터 처가 어른이 올라오신다는 전언이다. 처남과 막내동서도 잠시 후면 도착할 것 같다. 막내 입원소식 듣고 문병차 오시는 것 같다. 집사람은 잽싸게 시장에 갔고, 나 역시 정리랍시고 대충 치우는 시늉은 했지만, 치우는 둥 마는 둥이다. 막내동서 차를 타고 왔는데, 오늘 내려가야 한다며 청학골에서 저녁 식사한 뒤, 한사코 내려가신다.

판도라상자

130906

길을 가다 보면 사람과 마주치는데, 모두 건강하고 바쁜 사람 일색이다. 시장을 한번 둘러보면 바쁘고 활기찬 모습을 느낄 수 있다. 그러나 큰 병원에 가보면 아픈 사람이 많은 것에 놀라고, 관련된 사람들도 꽤 많았다. 마음에 담고 살기 때문에 모를 뿐이다. 내 마음속이 남에게는 판도라 상자일 수 있겠다. 허리가 아파 처음으로 한의원이라는 곳을 찾아갔다. 시설은 현대식인데, 옆에서 쑥뜸 태우는 냄새가 코를 자극하면서 매연이 고통 수준이었지만, 진료 후 나도 아무 일 없었던 것처럼 집을 향해 똑바로 걸어왔다.

변산 해변

130907

변산 휴양지를 어렵게 예약해둔 덕에 아침 7시 반경 온 식구가 가을 초입의 여행길에 올랐다. 내비게이션으로 찍어둔 근처 하나로 마트에서 산 물건을 들여놓고는 상록해수욕장의 음이온 공기를 마음껏 음미한다며 걸었다. 장거리 운전으로 고생한 사위들 표정도 편해 보인다. 방에서 뛰지 말라는 아파트에서의 어려운 주문에서 벗어난 손자들은 마구 뛰어놀며 덩달아 신이 났다.

변산의 이른 아침 상쾌한 아침 공기를 맛보며 해변으로 나서니, 바다 공기가 여전히 상쾌하다. 허리 통증이 좀 있었지만, 간단한 몸풀기로, 뛰는 데까지 해보리라 마음먹고, 500m 정도 되는 바닷가를 왕복하며 가볍게 워밍업 했지만, 다행인지 허리통증은 조깅에 별 영향을 주지 않는 것 같았다. 올라가는 길을 새만금 방조제길로 들어서면서 바다를 양쪽으로 느끼며 달리는 기분이 아주 좋다. 빨리 올라간 덕분에 동네 부근에서 약간 늦은 점심을 하고 나니, 금강산도 식후경이란 말이 오늘은 맞춤형 속담 같다.

이지스함

131107

일본은 '신의 방패'로 불리는 이지스함을 6척이나 보유한 막강해군력을 자랑하고 있다. 전투기 16기를 방어할 수 있는 이지스함을 2척 더 갖겠다고 나선 것이다. 물론 그들의 자유지만, 그들이 가진 이지스함은 SM-3를 이용하여 대기권에서 지상 미사일 기지를 타격할 수 있는 강력한 무기다. 우리가 보유하고 있는 '류성룡' 이지스함은 SM-2로 그런 기능이 없단다. 공격적으로 무장하는 길을 모색하려는 것 같다. 우리도 여기에 대비해야 할 것 같다. 국가는 절대적이지 않기 때문이다.

속전속결

131115

북한의 전술이 남한을 공격하여 3~5일 내에 부산까지 쓸고 내려가는 전략을 구체화했고, 군단 수를 줄이고, 역동적인 사단으로 보강하면서 60여 개 사단을 90여 개 사단으로 증강한 뒤, 병력 70%를 휴전선 부근까지 전진 배치해 놓은 징후가 포착된 모양이다. 6·25에 패한 약점을 보강한, 새로 세운 작전으로 알려지고 있는 것 같다. 핵무장을 앞세운 막강한 화력과 해상침투를 동시다발로 엮으면서 지역 용공세력들의 준동을 이용해 혼란을 이끈 뒤, 도시작전을 활용하는 공격은 상상만으로도 끔찍한 대목이다.

미세먼지

131205

환경오염이 기간이 흐를수록 흘리는 부산물도 점차 무게를 더하는 것 같다. 가정용 굴뚝 연기나 흙먼지 바람은 이제 낭만에 가깝다. 그 때만 해도 자동차 배기가스나 산업용 굴뚝에서 나오는 연기가 환경오염이라는 부분에서는 그렇게 관심을 끌지 못했다. 그러나 중국에서 불어오는 황사가 점점 심각해지니 환경을 걱정하게 되었고, 얼핏 황사만 걱정하면 되는 줄 알았는데, 중국가정에서 유연탄을 사용하며 발생하는 미세먼지와 산업개발로 뿜어내는 연기가 중국은 물론, 우리나라 하늘까지 구름으로 착각할 정도로 천지를 뒤덮는다. 그동안 지하철에 미세먼지가 많다는 소리는 이따금 보도를 통해 들었지만, 그러려니 했는데, 이제는 도처에 숨 쉴 공간마다 미세먼지로 꽉 차있다고 생각하니 숨이 막히는 것 같다. 선진국에서는 오래전부터 미세먼지 농도를 PM2.5로 분류하여 경보를 전파해가며 주의를 환기시켜준다고 한다.

괴산에서 영흥도

131220

네 집 식구가 1박 2일 일정으로 '문경'에 다녀온다며 이른 아침부터 설치며 집을 나선 시간은 새벽 다섯 시 반이다. 숙소가 예약된 괴산 쌍곡 계곡에 들어섰다. 눈앞에 보이는 설경은 감탄사가 절로 나오는 멋진 한 폭의 산수화였으나, 진행하는 도로는 갈 길 먼 우리에게 불편한 길로 바뀌면서 근사한 산수화가 현실에서는 또 다른 장애물이 되어 있었다. 쌓인 눈이 갈수록 걱정을 보탠다. 예약된 민박 주인도 산막골과 유람선 타는 곳 출입이 통제되었다며 알려준다. 계획을 바꾸어 충주호로 넘어가려 했지만, 가는 길목마다 차가 미끄러지며 더 이상의 진행을 막는다. 모처럼 계획이 어긋나면서 실망이 되었지만, 방향을 바꾸어 매운탕의 추억이 있던 영흥도로 다시 목적지를 바꾸었다. 그곳에서 민박집을 하나 얻어 차질 생긴 벌충으로 준비해간 음식을 잘 넘어가는 술과 곁들여 마시면서 숨 가쁜 하루를 안주 삼아 심드렁해진 마음을 위로했다.

2014년

유대인

140111

유대인 평균 IQ지수가 96인데 비해, 우리나라 평균 IQ지수는 106이란다. 영국의 '얼스터대학'에서 발표한 것이니 믿어도 될 것 같은데, 두 나라 문화차이는 크다. 이스라엘은 노벨상을 185개 수상했다. 노벨상이 기준일 수는 없지만, 우선 이스라엘은 학교에서 질문 잘하는 사람이 반장 되고, 좋은 질문하는 사람이 선생님에게 인정받는다. 주입식 암기가 대세를 이루는 교육에서, 해답을 찾아야 되는 것은 아닌지.

신년 산행

140112

기온이 영하 10도를 오르내린다. 관악산으로 산행을 정한 상태인데 J 친구가 북한산에서 하산주 대접을 해야겠단다. 아들이 사정상 광주(광역시)로 내려가서 결혼식을 올리게 된 모양이다. 친구들이 많이 참석해주었으면 좋겠다는 고충에서 마련한 자리 같다. 인품좋고 헌신적인 친구다. 힘이 되 줘야 할 것 같은 생각이 든다. 산행 후 안내된 영양탕집은 손님이 많았다. 편한 친구끼리 담소에 곁들인 반주가 즐거웠다.

잦은 검사(檢査)

140115

나이 들면서 검사라는 것이 주기적 행사처럼 주변을 맴돌며 따라다닌다. 내가 PSA 검사를 받는 날, W 친구도 검사 도중 혈관에 관련된 질병을 발견하였고, 면역력이 약해질 때 발생한다는 대상포진도 나타났지만, 치료를 통해 어려운 고비를 잘 넘겼단다. 오늘은 집사람이 내시경검사 받은 결과를 확인하는 날인데, 역시 아무 이상이 없다. 흔히 있는 세균이 조금 남아 있으나, 그것도 걱정할 수준은 아니란다. 검사가 이제는 그림자처럼 따라다니는 것 같다.

미 망

140117

낯설지 않게 자리 잡고 있는 굽은 소나무! 하늘이 만든 것처럼 빼어나게 자라면 나라에서 빼가고, 명품이다 싶으면 여기저기에서 뽑아가니, 결국 그 자리에 남는 것은 볼품없이 굽은 소나무겠다. 인터넷에 떠도는 말이다. "아! 미망의 바다에서 언젠가는 헤어날 수 있다고 생각하는 자는 여전히 행복하다. 우린 필요한 것은 잘 모르면서 필요 없는 것은 많이 알고 있다. 그러나 한때의 행복을 어두운 생각으로 부수진 말자."라는 파우스트의 외침이 심사를 꼬집는다. 지천명(至天命)이다, 이순(耳順)이다 하지만, 이순(耳順)도 옳게 못 보내고 미망한 삶만 헤맨 것 같다.

환 경

140119

짐승은 한 끼를 걱정하지만, 사람은 백 년을 걱정한다 했던가? 인간이 다른 동물보다 맨몸으로 야생을 못 견디기 때문이 아닌가 싶다. 사람은 별도의 준비를 해야 한다. 대비를 슬기롭게 보완하여 적응해 오면서 다른 동물보다 열성적(劣性的)인 신체 불리 조건을 승화시켜 놓은 대가는 컸다. 만물을 지배하는 생태계의 상석에 군림하고 있지만 환경문제가 무탈할 때를 전제로 한다. 기상이 변해도 개선 기미는 보이지 않으니, 환경 이변은 정해진 수순인 듯싶다.

흰 눈

140121

어릴 땐 눈이 오면 무조건 좋았다. 부드럽고 깨끗해서도 좋았지만, 재미있게 놀 수 있어 또 좋았다. 눈사람도 만들어보고, 먹기도 했다. 아무튼, 깨끗함의 상징처럼 머릿속에 인식되어 있는 순백의 아름다운 정서였다. 태백산행을 마치고 하산하며 보는 눈 축제에서 옛날의 추억을 더듬어 볼 뿐이다. 그러나 어제 온 눈을 기상대에서 산성비라고 발표하면서 평소 15배로 신 김치 맛보다 심하다니, 환경오염이 어디까지 왔는지 걱정되는 대목이다. 온 세상을 일거에 바꿔놓은, 환경을 이렇게 만들어 놓은 지혜로운(?) 인간이 딱하게 느껴진다.

혐일본 우리가

140123

중국에서 안중근의사 기념관을 개관한 모양이다. 아직도 시신을 못 찾아 안타까운 부분이 있기는 해도 기념관 문제는 늦게나마 잘된 일이지 싶다. 그런데 일본 관방장관이란 사람이 기념관 개관한 것을 두고 '안중근'은 '테러리스트'일 뿐이란다. 그럼 이등방문은 남의 나라를 강탈했으니, 도적 '수괴'쯤으로 불러야겠다. 엊그제 신문을 보니 마루타 부대가 대학이나 해군까지 생체실험에 가담했다는 사실이 밝혀진 것 같다. 그래도 정부에서 저지른 일이 아니라지만 상부의 지시 없이는 한 발자국도 못 나가는 곳이 군대다. 국가에서 하는 일도 이 정도면 심각한 수준이 아닌가 싶다.

동반자 교육

140203

차례를 지내려고 온 두 조카에게 북한에 대한 견해를 들었는데, 고등학교에 다니는 조카들 대답은 의외였다. 북한을 동반자로 생각한다는 대답이다. 누가 그런 교육을 했느냐니까, 역사 선생님이란다. 전교조를 아느냐 묻자, 모르고 있었다. 보도를 통해서 북한을 동반자로 보고 있다는 이야기는 어렴풋이 들었지만, 이 정도로 가까운 곳까지 와있을 줄은 몰랐다. 전쟁을 게임으로만 익혀온 세대가 북이 도발해 올 때 어찌할지, 월남이 공산화된 이유를 일러주고 싶었지만, 정초(正初) 기분을 망쳐놓을 것 같아 참았다.

소치의 낭보

140212

소치올림픽에서 기대했던 쇼트트랙이 죽을 쑤면서 실망이 컸는데, 이상화 선수가 금메달을 따냈다. 그것도 올림픽 신기록이라 더 소중하고 대단한 것은 말할 필요도 없지만, 기라성 같은 러시아나 네덜란드 선수들을 제치고 우승한 것이 대견스럽다. 시상대의 2위, 3위 선수 중에서 제일 작은 키였음에도 신기록을 수립한 것이다. '컬링'으로 부르며 팽이같이 생긴 '스톰'으로 밀어서 빗자루로 전진로를 닦아주며 원에 넣는 경기가 재미있다. 처녀 출전하는 여자선수들이 4회째 출전하는 일본을 제치고 이겨서 더 재미있었다.

파란불

140224

박근혜 대통령 지지도가 취임 때보다 올라갔다는 보도다. 1년 남짓 통치행위에 파란불이 들어온 셈이다. 영국이 대처 수상을 중심으로 타개했던 포클랜드 전쟁이나 쿠바에 소련이 핵잠수함을 배치하려 할 때, 케네디 대통령이 보여준 단호함을 국민은 잊지 않고 있는 것 같다. 중국도 모택동을 선망하며 존경하는 자긍심으로 꽉 차있다. 일본도 공허한 소리지만, 왕을 중심으로 뭉쳐있고, 우리는 이렇다 할 정신적 지주가 없어 방황하며 중심 못 잡고 있는 것 같다. "사촌이 땅을 사면 배가 아프다."라는 별난 속담탓은 아닌지.

부부회동

140315

W 친구 부인이 집사람과 광명시장에서 만나기로 했다는데, 친구도 함께 온다니 당연히 나도 나갔다. 중계동에서 이곳만 2시간 이상 소요되는, 만만치 않은 거리임에도 찾아와 주니 고맙다. 1시 무렵이 되자, 친구가 배낭을 메고 양손에 물건을 잔뜩 들고는 광명사거리역에서 나오고 있다. 옥상에서 농사지은 것이라며 굳이 건넨다. 안내한 식당에서 이런저런 이야기 하다가 10여 년 전, 친구와 천호동 고기 뷔페에서 너무 많이 먹고 배가 불러 한참 힘들어했던 이야기를 하며 웃었다. 그때만 해도 50대 후반 이야기다. 10년 전 옛날로 훌쩍 돌아가도 그때 그 친구와 함께 웃고 있으니 행복했다.

팽목항의 참사

140417

인천항을 출발한 6천 톤급 대형 여객선이 고교생 325명 포함해 474명을 태우고 제주도로 가던 중 팽목항 앞바다에서 침몰했단다. 실종 인원이 300명이라고 발표하는 안행부 차관도 정확한 승선인원에 갈팡질팡이다. 선장이 제일 먼저 뛰어내렸다니 황당하고 구명보트도 작동되질 않아 커다란 배에 1~2개밖에 못 띄운 부분에서는 정말 어이없다. 큰 배에 비상등도, 안내요원도 없었단다. 배가 침몰하는데도 꼼짝 말고 있으라 했다니, 기가 막힌다.

낙산사

140509

작년 오늘은 남해에 있었고, 지금은 친목회원들과 속초에 머물고 있다. 계절이 좋으니 여행이 잦아지는 같다. 화재 난 이후의 산뜻하게 수리해놓은 낙산사를 둘러봤다. 불탄 흔적은 없어졌지만, 소각장에서 뭘 태우는지 검은 연기를 뿜어내며 흡사 불난 것처럼 공기가 탁했다. 낙산사는 보타전(寶陀殿)이란 전각이 중심에 자리 잡고 있다. 관음보살을 모시는 원통전과 해수 관음보살의 자애로운 표정, 멋진 자태가 볼거리 아쉬운 느낌으로 서 있는 내게 위안을 준다. 관음보살 위주로 된 절 같다. 낙산 숙소는 지평선 해안가의 풍경을 오붓하게 느끼도록 해주는 곳에 자리 잡아 놓았다.

권금성

140510

5시경에 밖을 문득 내다보는데, 해 뜨는 광경이 너무 멋졌다. 잠에 빠진 친구들에게 일출을 알려주니, 눈을 비비며 감탄사들을 뿜어낸다. 상쾌한 공기를 마시며 명상으로 잠시 빠져본다. 오늘은 권금성엘 다녀오고, 시간이 되면 주문진항에서 간단히 장을 본 뒤, 상경하는 것으로 의견이 모아진다. 케이블카를 타려는 진입도로를 65세 이상 차량은 조금 더 깊이 들어갈 수 있게 배려했고, 주차장도 무료여서 지친 노구가 덕을 본다. 권금성 정상엔 태극기가 나부꼈고, 대부분 정상을 밟았지만, 나는 정상 아래까지로 만족했다.

고독사

140523

방송프로에서 보여준 '고독사'에 대한 이야기는 많은 것을 생각하게 했다. 작년에만 고독사로 숨진 사람이 1,717명이란다. 고독사라는 말도 생소했지만, 사망자 수도 충격적이다. 일주일쯤 지나서 발견되는 것은 보통이고, 시신 수습하고 뒷정리하는 특수 직업까지 생겼단다. 오십 대 후반에 발견된 한 중년 남자의 시신은 찾아온 자식이 사체 포기각서에 지장만 찍고 그냥 갔단다. 이런 자식을 낳고도 한 때는 얼마나 기뻐했을까? 어떤 사정이 있어 이토록 참혹한 말년을 맞는지 모르지만, 보는 사람 마음을 황당하게 한다.

간디와 교수

140602

이미 여름을 입에 담지만, 여름을 싫어하는 나는 이미 목이 끈적여 오는 것 같다. 얻어 들은 간디와 거만한 '피터스' 교수의 이야기가 재미있다. 교수가 간디에게 질문을 한다. "만약 하늘에서 돈 자루와 지혜 자루가 떨어지면 무얼 줍겠니?" 하자 "돈 자루요." 하니 교수는 "역시 식민지 출신은 어쩔 수 없군. 나는 지혜 자루를 잡겠네." 하자, 간디는 "뭐 어쩔 수 없지요. 각자 자신이 부족한 것을 필요로 하니까요." 복수심에 불탄 교수는 성적표에 간디의 점수 대신 '멍청이'라 썼다. 간디는 교수에게 "선생님, 리포트에 성적은 안 쓰고 서명만 있네요."

조기(弔旗)

140606

아침에 국기를 조기로 게양 한 뒤 몇 집만 국기가 게양된 것을 보니 씁쓸한 마음이 든다. 나라 잃은 설움을 겪어본 세대들만의 감정인 것 같지만, 격세지감의 정서가 이토록 달라지는구나 하는 생각을 하게 된다. 이곳에서 알게 된 사람으로부터 청첩이 왔다. 예식장은 밖에 내어 걸은 국기를 경축일 국기로 게양하고 있어 잘못되었음을 알려주니, 집사람이 그런 것까지 참견하느냐며 짜증을 낸다. 젊은 사람이 잘 모르고 한 짓이니, 알려주는 것이 옳다. 연회장에서도 술 마시는 사람이 없는 것은 그나마 다행이지 싶었다.

징크스

140707

나는 운명을 믿는 편이다. 그때, 그 시각, 그 장소에 있었다는 부분에서 그 운명이 필연으로 결정된 것 아니겠느냐는 생각을 한다. 전에는 아침 출근길 나설 때 우연이라도 내 앞을 먼저 질러가는 여자가 있으면 공연히 찜찜했고, 횡단보도에서 빨간 신호를 받지 않고 목적지까지 가면 하루 일이 잘 풀리는 느낌 따위의 자잘한 것들이었다. 오늘이 마침 7월 7일이다. 행운의 러키 세븐이 둘이나 붙은 날이니 내 딴엔 좋은 일이 있을 것 같았지만, 그런 일은 없었다. 모두에게 7월 7일이니, 역시 내 생각일 뿐이다.

금메달

140720

어제 둘째 손자 놈이 태권도 시합에서 금메달을 땄다고 해서 찍어 온 동영상을 보았다. 걸핏하면 잘 울던 놈이 멋지게 발차기를 하며, 두 번을 연속해서 이기고 우승하는 장면을 보았다. 약하게만 보았는데 상대가 열심히 공격하고 발로 위협해도 물러서지 않고 공격을 하면서 대련하는 모습을 보니, 그런 것들이 기우였음을 알겠다. 저녁에 애들이 모인 자리에서 큰애 아들인 둘째 손자의 말에 폭소를 터뜨리고 말았다. "할아버지는 이모 둘째 손자만 좋아하고, 나는 싫어한다."는 이야기다. 큰놈보다 어리고 약한 놈 편에서 응대해 온 것이 그런 오해를 불러온 것 같다.

층간 소음

140730

젊은이의 참을성이 나이 든 사람보다 심할 줄 알았던 내 생각이 잘못이었음을 최근에 알았다. 참을성에서만큼은 나이 든 사람이 더 약하다는 사실이 믿기지 않았다. 층간 소음에 대해 연령대별 인내심 실험 과정이 TV를 통해 방영되었다. 당연히 나이 젊은 사람부터 소음을 못 견디고 뛰쳐나갈 줄 알았는데, 아니었다. 나이 젊은 사람이 끝까지 버티고 앉아있는 것 아닌가! 나이 지긋한 사람이 제일 먼저 뛰쳐나오면서 "미칠 것 같아 못 참겠다." 한다. 층간 소음에 내가 예민한 이유를 조금은 알 것 같다.

빈자리

141010

기분이 참 이상하다. 막내 놈이 언제 결혼을 하려나 하며 노심초사 했는데, 막상 떠날 날이 다가오니 만감이 교차한다. 집에 있을 때야 방 정돈이 안 되어 어수선하다며 허구한 날 야단맞고, 전깃불도 꼭 켜며 잔다고 잔소리 듣는가 하면, 화장실 사용할 때는 물을 너무 헤프게 쓴다는 둥 잔소리를 들었는데, 이제 막상 집을 떠난다고 생각하니 공허한 생각이 든다. 있을 때 잘하라는 말이 머리를 잠시 스치는 것 같다. 막내는 내성적이어서 평소 말수가 별로 없지만, 친구와 한번 마음 맞으면 정을 듬뿍 준다. 노는 것도 유난히 좋아해서 대체로 친구와 보내는 시간이 더 많을 정도다. 식구들과 오손도손 대화를 나눈 기억도 그렇게 많지 않아 마음조차 짠해진다. 아주 내 곁을 떠나는 것도 아니지만, 아무튼 내일이면 부모 품을 벗어나는 것은 사실이다. 뭐라고 말해주는 것이 좋을지? 두 놈을 보낸 전과(?)가 있어도 매번 서툴다.

성혼(成婚)

141011

막내를 여의면서 친구들에게 시원섭섭할 것이란 말을 듣는다. 남에게 하던 말을 내가 들으니, 딴엔 의미 있는 말이었다. 그렇지 않아도 단풍 연휴라 하객을 걱정했는데, 많은 친구들이 자리를 함께 해주니 그렇게 고마울 수가 없다. 성혼선언문과 혼주 인사를 양가대표로 하려니 입안에 침이 말라 자연스레 인사는 되었는지 모르겠다. 나중에 사회자가 다가와서 웬 인사말을 그렇게 잘하시느냐 한다. 추켜세우는 인사치레였지만, 듣기 싫지는 않았다. 폐백을 생략한다는 사돈 측 의사를 존중하며 연회장소로 갔으나, 연락 못 준 친구의 방문이 나를 부끄럽게 했다. 친구들의 배려가 과분할 정도인 것 같다. 저녁에 나눈 처가식구들과의 담소도 푸근했고, 노래방에서의 시간은 큰일을 치르며 받은 스트레스 해소에도 적절했던 것 같아 두루 고맙다.

방(房) 정리(整理) 1

141114

막내가 결혼하면서 방을 비우니, 독립된 방 셋을 두 가구 살림으로 개선할 생각으로 각자 희망이 부풀었던 것 같다. 정리하느라 시작되는 고된 상황은 집 안 청소를 하면서 나타난 것 같다. 둘째 사위와 같이 막내 방에 있던 침대부터 버리고 쉬엄쉬엄 청소를 하려는데, 경비원 말이 "내일은 토요일이니, 가구류는 오늘 버리셔야 행정 처리가 쉽다."라고 조언한다. 별수 없이 온 식구들이 버릴 옷가지를 수납장에서 방바닥에 팽개치듯 풀어 놓고, 보지 않는 책에서 컴퓨터 책상 서랍까지 쏟아내듯 비워내며 법석을 떨었다. 책장을 버리고 나니 집안 꼴이 고물상 쓰레기장은 질서나 있지, 난리법석이 따로 없다. 버릴 것을 더 과감히 버리면서 수납공간을 최대한 살려야 하는데, 옷가지가 한없이 나오니 정리가 갈수록 힘들어진다. 끝없을 것 같은 일을 대충 마무리해 놓고 늦은 저녁이 될 무렵, 비로소 잠자리만 조금 확보해 놓은 뒤 피곤한 하루를 힘겹게 넘겼다.

방(房) 정리(整理) 2

141115

옷을 버린다는 것이 이렇게 힘든 줄 몰랐다. 막내가 1차로 많은 옷을 버렸지만, 아직 남아있는 옷가지들이 1톤 트럭으로 한 차량 분량은 될 것 같다. 고르고 골라 몇 번을 버렸는지 모를 지경인데, 저녁 무렵까지 정리는 고사하고, 버릴 옷가지와 종일 씨름을 벌리는 중이다. 쉬지 않고 일을 할 정도로 급한 것도 아닌데, 누구 하나 느긋하게 일하는 사람이 없다. 저녁 식사를 간단하게 자장면으로 먹자는 것을, '먼지 많이 마신 날은 돼지고기가 최고'라고 둘러대며 사위와 식사에 막걸리를 곁들이니, 비로소 분위기가 조금 편안해지는 것 같다. 집안은 피란민 장터가 돼 있었다.

아침이 되자, 집사람은 이참에 집안 환경을 확 바꾸어 버리고 싶은 의욕의 화신이 된 것 같다. 아주 딴사람이 되어 있었다. 사흘 동안을 지치지 않고 계속 일을 하는데, 오늘은 장판까지 새로 깔 태세다. 아직 옷 정리도 안 되어 뒤죽박죽인 것을 알면서 비닐 장판가게로 가잔다. 설마 집안 꼴이 이 정도인데, 여기에서 무슨 장판이냐 하는 생각을 하면서 이끄는 데로 따라 나섰지만, 나의 예상은 여지없이 틀렸다. 30만 원이라는 말에도 군말 없이 깔아 달라 부탁해놓고 집으로 오니, 비닐 사장이 집으로 들어오며 지금 할 터이니, 이런 것 저런 것들을 치워달란다. 볼멘 불평에도 불구하고, 다 해놓고 본 비주얼은 집안이 훤해졌고, 또 괜찮았다는 것이다.

제주도 가족여행

141120

생일 기념으로 애들이 마련해 떠나는 여행이다. 3박 4일의 여행을 위해 그동안 큰애가 짬을 내고 애써 마련해놓은 스케줄에 따라 강행군하듯 추진된 여행인데, 제주도에 도착하면서 12인승 스타렉스를 렌트하고 숨 좀 돌리려는데, 둘째의 막내 손자가 몸에서 열이 생긴다. 제주 중앙병원으로 직행해 치료를 받은 다음, 바다횟집 예약된 곳에 자리를 잡고 앉으니, 의사의 말대로 손자의 열이 정상으로 돌아온다.

강행해서 만든 자리여서 아기에게 다소 무리였을 것이라는 생각이 들기는 했다. 현란하게 들여놓는 횟집 음식을 맛볼 무렵 막내까지 도착했다. 막내가 와본 곳이어서 예약을 했다는데, 이곳에서는 돼지고기를 '돔배고기'라고 부르는 모양이었다. 오랜 기간 숙성을 시켰다더니, 그래서 그런지는 모르겠으나 색이 조금 검은 것 같다. 숙소는 애월읍 해변, 노을이 멋지게 드는 곳으로 자리를 잡아놓았다.

제주도 가족여행 2

141121

아침을 서두르며 7시 반에 나온 식구들이 우도의 맑은 바닷물에 탄성을 지른다. 손자들은 이미 맨발이 되어 하얀 모래사장을 뛰고 있다. 우도 땅콩 막걸리를 맛본 어제를 생각하며 한 상점에서 콩알처럼 작은 우도 땅콩 한 봉지를 집어 들었다. 맑고 청명한 등대 주변과 멀리 보이는 와도를 보면서 장소를 다시 옮겨 성산 일출봉에 도착했다. 승마장에서 말 등에 타고 있는 손자들을 보고는 성산 일출봉에 오르려는데, 큰애 두 손자 놈이 산에 안 올라가겠단다. 그래도 둘째의 손자 놈은 아빠가 따라오지 않아도 열심히 올라가고 있다. 손자와 정상에서 기념사진 한 컷을 찍었다.

정상에서 내려가는 길로 막 접어드는 순간, 큰애 둘째 손자가 '할아버지' 하고 부른다. 형과 함께 정상까지 따라온 것이다. 등산 과정도 그랬지만, 천지가 중국관광객이다. 일본관광객들보다 수선스럽기는 해도 개방적이고 진솔한 것 같아 왠지 친근감이 든다.

제주도 가족여행 3

141122

제주도 변덕스러운 날씨를 익히 아는 입장이라, 연일 이어지는 쾌청한 맑은 날씨가 고맙다. 차귀도에서 배를 전세 내어 낚시하기로 되어 있어서다. 난생처음 릴낚시를 하는데, 바닷물도 잔잔하고 처음 하는 낚시임에도, 짧은 시간에 고기를 9마리나 잡는다. 큰애는 한번 던진 줄에 3마리까지 잡는 것을 보았고, 나 역시 난생처음 한번 던진 낚싯줄에 2마리 잡는 기록을 세운 날이다. 고기는 애들 손바닥만 했지만, 이 맛에 낚시를 하는구나 싶다.

모슬포항에서 마라도 가는 배를 타고 도착한 국토 최남단의 마라도는 한 폭의 그림이었다. 도면으로 본 섬이 제주도와 비슷한 형태같이 보였다. "이곳에서 짜장면을 안 먹어보면 뭐라더라?" 하며 먹어본 맛은 역시 기대에 어긋나지 않았다. 다음 행선지는 말고기 시식인데, 인터넷으로 예약된 'MOO'식당을 찾았으나, 손님은 많았음에도 맛을 본 사위들이 하나같이 실망스런 얼굴을 하고 있다. 여행지에서 처음으로 맛의 허상을 체험한 순간이기도 하다.

남은 한 장

141201

갑오년 달력도 어느새 한 장 남았다. 해마다 이날이면 무심코 넘기기가 아쉽고, 너무 빨리 가는 세월에 마음이 심란해지기는 한다. 작년만큼 나대진 않았어도 식구들과도 나름대로 바쁜 한 해를 보냈지만, 아직 아쉬운 것이 남아있는 것 같다. 무심한 세월을 되돌아보며 울적한 마음에 동문 카페에 들어가 『산에 서서』라는 글을 올렸더니, 친구 다섯이 댓글을 달아준다. 너무 극찬을 하는 터에 몸 둘 바를 모르면서도 무척 행복해진다. 글을 쓴다는 것도 기쁜 일인데, 글 읽어준 친구들이 덕담까지 실어주니 그 마음 씀이 고맙다.

지 구

141215

'쁘라비다'는 코스타리카 말로 즐거운 인생이라는 뜻이라는데, 자연을 잘 보호해왔던 모양이다. 외부인에게 보여주는 친절한 모습이 인상적이다. 그곳에서 멀지 않은 미국 캘리포니아 주는 물 부족으로 농사나 소 사육을 망쳐, 대부분 집을 팔고 이사를 가는 모양이다. 집값이 폭락했고, 먹는 물도 일정량을 넘으면 물값이 비싸서 기준량을 초과할 엄두를 못 낸단다. '기후의 반란'이 예삿일은 아닌 것 같다. 환경무심에 대한 역공은 아닌지 모르겠다. 이미 물 부족 국가로 지적받은 우리는 이사 갈 곳도 없다.

희 망

141230

그리스의 장수마을에서 리포터가 한 노인에게 불쑥 질문을 던졌다. "살아오면서 어느 때가 가장 즐거웠느냐?"고. 백 세라고 밝힌 노인은 주저 없이 "사람은 백 살을 살든, 오십을 살든 가장 중요한 것은 어제도 아니고, 내일도 아닌, 바로 지금인 오늘이다. 그러니 이 순간을 즐겨라." 멋진 한마디를 들으며 잠시 숨고르기(?) 아닌 상념에 빠져본다. 어려서는 어른이 되고 싶더니, 지명(知命)을 지날 땐 '그래도 환갑은 넘어야 하지를 않을까?' 싶다가도 이제는 무엇을 바랄까? 평균나이가 76세라니, 그 정도는 살아야 하지 않을까 생각하며 피식 웃는다. 웃음의 뜻은? 설마 칠십 여섯이야 못 살겠나 하는 웃음일까? 아니면 어른이 되고 싶다가, 어른이 되고 보니 갑자기 오래 살고 싶어지니 그런가? 허구한 날 바람이 달라지고 욕심이 생겨나니 웃는 것일까? 이제 해 끝에 보신각 소리를 들으며 새해를 맞는 순간이 하루 앞으로 다가오고 있다.

2015년

대마도(對馬島)

150104

태종대에서 보인다는 대마도는 우리 땅이었단다. 지금은 일부 학자만 주장하고 있는 것 같다. '독도는 한국 땅이다.'라는 말을 '독도와 대마도는 한국 땅이다.'로 수정해야 할 것 같다. 1862년 당시, 미국으로부터 일본 남부에 있는 오가사와라(群島, 소립원) 군도를 일본 영토로 공인받을 때, 그들이 제출한 지도에 독도와 대마도가 선명하게 한국 땅으로 표시되어 있었다는 사실이 그것을 증명하기 때문이다.

더구나 이 지도는 일본 삼국접양지도에서 하야시 시헤이(임자평)에 의하여 제작된 것으로, 프랑스어판으로 되어있는 것을 김일주 교수가 찾아냈단다. 이승만 대통령이 당선 후 제일 먼저 일본에 요구한 것이 "대마도를 돌려달라."라는 말이었다.

우선 관계 학자들이 미국도서관에서 소립원을 공인해준 공문을 찾아 대마도가 한국영토임을 밝히는 것이 순서일 듯싶다. 지금 대마도에서 혐한 운동이 벌어지고 있는 것 같은데, 한국 사람이 그곳에 가서 돈을 뿌려도 한국 사람이 싫단다. 36년간 조센징이라 부르고 발꿈치의 때 보듯 멸시해도 처음엔 돈 때문인 줄 알았다. 국민소득 3만 달러에 육박하는데도 일본에 대한 정서는 변함없는 것 같다.

갑 질

150108

백화점 주차장에서 50대로 보이는 아줌마가 차 빼 달라는 주차요원의 따귀를 때리고 무릎을 꿇리게 한 갑질론이 관심을 끌고 있다. 갑과 을은 부동산 매매할 때 주로 쓰던 말이, 마치 주종관계를 의미하는 것처럼 변질된 것이 아닌가 싶다. 땅콩 회항 사건도 아직 마무리되지 않은 것 같은데, 갑질 폭행사건이 다시 터진 것이다. 얼마나 갑질에 한이 맺혔으면 그러랴 싶어 이해하면서도, 일부 가진 사람의 횡포가 주체할 줄 모르는 것 같다.

미 CIA

150109

미국도 남북전쟁을 겪었고, 같은 민족끼리 겪는 6·25전쟁을 목숨걸고 지켜준 미국은 우리와 피를 나눈 혈맹이다. 그러나 그런 미국이 우리나라 독도를 빼버리고, 동해도 일본해로 기록해서 인터넷에 실었단다. 세계정보통 미 CIA에서 한 일이다. 미군만 주둔시켰지 국익(國益)으로는 일본만 못하니, 미국 들러리로 생각한 것은 아닌지? 박근혜 대통령이 중국을 미국보다 먼저 방문할 때, 미·일 안보동맹을 지켜보면 알겠지만, 살얼음판 같은 국가 외교 같다.

선악의 구별

150129

"지금 사는 세상은 덕이 사라지고 악한 일만 무성하니 원인은 하늘에 있나요? 땅에 있나요?"라며 단테가 질문을 한다. "당신이 살고 있는 세상은 진실을 보지 못하는 장님 집단이라 해도 무리가 아니지요. 세상 사람은 하늘 탓으로 돌리지만, 인간에게 자유로운 판단력이 없다는 이야기인데, 그럼 선악을 구별하는 자유의지가 인간에게 주어진들 무슨 소용이 있습니까?" 밤늦도록 외롭게 호떡 리어카를 지키는 이를 보면서, 희망을 간직하며 사는 사람이 훨씬 많은 것에 안도를 느낀다. 그들이 더 당당했으면 좋겠다.

새해 인사

150220

서울 사는 집안 어른이라야 이제 두 고모님뿐인데, 명절을 맞아 문안 올릴 생각으로 작은고모 댁을 찾았지만, 안색은 여전한데 총기가 작년 같지 않아 잘 몰라보시는 것 같다. 사회복지사가 시간제로 방문해주어 도움은 되지만, 그래도 식구 중 하나는 늘 있어야 한단다. H 요양원에 계시는 고모는 정정하셨다. 어제는 딸 집에서 주무셨는데 꿈에 오빠가 같이 가자는 것을 안 간다며 우기셨다는 제수씨 이야기를 듣는데, 고모가 나를 보시더니 '오빠' 하며 내손을 잡으신다. 다행히 정신 차리고 내 이름까지 기억해 주시는 것이 고마웠다. 집안 내력인 난청은 여전하신 것 같다.

간통죄

150228

엊그제 헌법재판소에서 9명 중 7명이 찬성하고, 여성법관 1명 포함 2명이 반대하면서 간통죄라는 분이 돌아가셨다. 무 변화라도 있을까 싶지만, 간통으로 형사건의 족쇄는 풀렸을지 몰라도 불륜이라는 불법의 족쇄는 남아있다. 신체적 구속이라는 부분만 면제되었을 뿐 민사문제는 변동 없이 남아있는 것 같다. 그것도 상대가 용인했을 때는 예외라는 조항이 묘하게 남는다. 법이 사생활에 작은 울타리를 만들어 준 셈이다. 그 덕에 간통죄로 이혼을 제기했던 사람은 서리를 맞는 등 희비의 엇갈림도 생긴 것 같다.

치다꺼리

150306

감기 한번 앓지 않던 집사람이 요즘 계절이 바뀌면서 기침을 자주 하는 것 같다. 절기는 경칩인데 날씨는 영하6도다. 초등학교 다니는 손자를 학교까지 데려다 준 뒤 다시 데려오고, 다음에는 태권도 학원을 차 타는 곳까지 바래다준다. 식구들 밥하랴, 찬하랴, 빨래하랴, 피로가 쌓일 만도 하겠다. 이 상황을 어쩌지 못하는 애들 고충을 이해하는지라, 손자는 절대 보지 않겠다던 다짐은 허구가 돼버렸다. 내가 일손 놓은 뒤 집사람과 함께 웃음이 잦아지는 것은 손자 때문이 아니겠나 싶다. 집사람도 핑곗김에 운동으로나 위로받는 모양이다. 오늘도 동네의원 가는 뒷모습이 안쓰럽다.

시 말

150309

"그대가 태어났을 때 당신은 울었지만, 주변 사람들은 따뜻한 미소로 당신을 맞았습니다. 그러하듯 이제 당신이 떠날 땐 당신이 미소를 짓고, 남아있는 사람이 진정으로 슬퍼할 수 있는 사람이 되기 바랍니다." 친구가 보내준 인터넷을 통해 잔잔한 감동으로 전해온다. 선택이 아닌 주어진 삶을 겸허히 받아들이며 잠시 온 나그네처럼 머물다 가는 마음으로 살자. 많이 번 사람이나 없는 사람이나 가는 길목에서는 빈손이다. 내려놓으라는 말을 숱하게 듣지만, 언뜻 와 닿지 않아도 조금은 알게 될 것 같다.

사물인터넷

150323

인터넷이 사람 할 일을 앞지른 건 알려진 대로지만, 엄청난 저장능력과 속도로 데이터라는, 준비된 만능 공룡이 되어 인류 발전의 절대강자로 자리매김한 지 오래다. 인터넷 없는 세상은 이제 상상할 수 없다. 걱정되는 것은 사물인터넷의 사물제어 능력 자급자족이다. 인간이 로봇의 하수인이 될 가능성을 엿볼 수 있는 개연성도 충분히 있다. 로봇은 인간이 자랑하고 있는 오감(五感)에서도 시각의 한계를 뛰어넘었고, 이제는 사물인터넷으로 시공간까지 아우르며 실시간으로 장악할 수 있게 된 시대에 와있는 것 같다. 로봇의 무한 능력이 두려워진다.

누가 나설까?

150326

학자는 지구가 감당할 수 있는 인구를 100억 명으로 보고 있는데, 그것은 산술학적 계산이란다. 불과 200년 전에 지구 인구는 10억을 약간 웃도는 정도였지만, 200년 만에 지구 인구는 일곱 배로 늘었고, 100년 후는 상상만 할 뿐이란다. 사람 손이 닿는 곳은 대부분 환경이 바뀐다. 환경에 관한 한 손바닥으로 얼굴을 가린 채 질주하고 있는 것은 아닌지? 이대로의 끝을 알면서도 나서기가 두려운 것 같다. 나만 그렇게 사는 것이 아니니, 그냥 버티는 것인가?

보길도를 놓치고

150404

청보리 물결이 나부끼는 들녘에서 영화처럼 돌담길을 덩실거리며 걷는 모습을 상상해보았다. 112개나 된다는 다랑이 논, 아시아 최초로 슬로시티로 선정되었다는 청산도지만 모든 배는 강풍으로 출항이 금지되었다. 힘들게 여기까지 왔지만 혹시나는 없었다. 땅끝 마을 전망대를 보기로 하고 계단에 오르는데, 집사람 몸 상태가 별로였지만, 힘들게 온 것이 아까워서라도 전망대까지 가겠단다. 거의 정상에서 그로기 상태가 된 집사람을 업고 올라간 곳이기도 하다.

청산도

150405

다음 날은 다행히 폭풍우가 가랑비로 바뀌었다. 추적추적 내리는 비로 전망은 좀 흐렸지만, 시야에 들어오는 전경이 깔끔하고, 섬 같지 않게 해수욕장 부근을 관광 온 것 같은 느낌이다. 시간상으로 촉박하다 보니 37인승 청산도 전용버스로 다니며 몇 곳을 빼고는 시각관광을 해야만 했다. 무인도까지 있는 이곳 청산도엔 면사무소가 있고, 섬 전체가 국립공원이다. 돌담길을 덩실거리며 걷지는 못했어도, 그림 같은 다랑이 논은 장관이었지만, 군데군데 폐가를 볼 때는 안타까운 마음이 든다. 처음 보는 돌담길이지만 낯설지 않았다.

치매 검사

150428

보건소 치매 관리센터에서 기억력 검사를 받으란다. 요즈음 집중력 떨어지고, 사람 이름도 성만 기억나고, 이름은 기억나지 않을 때가 있다. 운동하고 들어와서 문을 여는데, 전자키 번호가 갑자기 생각나질 않아 당황할 때도 있었다. 막상 검사를 받는데 너무 싱거워 장난만 같다. 간.장.공.장.공.장.공.장.장.장.공.장.장을 띄엄띄엄 알려주며 복창해보라는 둥, 물건 는 몇 가지 알려주고 잠시 후 되물어보는 테스트에다, 오각형 그림을 겹쳐 그려 놓고 똑같이 그려보라는 둥 싱거운 문항이다. 정상이라니 다행이지만, 듣기로는 한 시간 이상 한다는데, 중증 여부만 확인해보는 형식적 절차 같았다.

땅 굴

150519

대부분 친구들이 가본 곳이지만, 옛날 생각이 나는지 다시 가보자는 의견이 모이면서, 7명이 땅굴을 본다며 문산역에 내렸다. “문산 자유시장 오시면 땅굴까지 셔틀버스가 공짜”라는 플래카드가 나부낀다. 식당에서 제육백반을 시켰는데, 고기가 접시에 그득하다. 번영회장이 주민등록증을 달래서 이름과 생년월일을 기록하고는, 자유시장주차장에 가면 차가 대기하고 있단다. 버스 기사는 전문가이드 못지않게 안내가 능숙하다. 땅굴은 모노레일을 타고 들어간 뒤 20여 분을 걸었다. 북한에서 파놓은 굴을 보지만, 굴은 여전했다. 나오며 도라산역과 전망대를 살폈으나, 찌푸린 날씨가 전망을 가렸다. 돌아오는 차안에서 함께 간 친구가 버스 마이크를 잡더니, 김무선 장교가 발견한 땅굴 이야기를 보너스로 들려준다. 후임 사단장으로 부임한 전두환 장군의 운명적인 땅굴 발견이야기를 신나게 들려주자, 여기저기에서 박수가 터져 나온다.

수족구

150521

아침부터 손자가 칭얼거리더니 몸에서 갑자기 열이 뻗는다. 집사람이 애를 들쳐업고 다니던 소아과에 갔다. 언젠가 큰애 둘째 손자가 갑자기 열이 생겨 공휴일 병원 응급실에 방문했는데, 의사는 안 보이고 간호사가 하는 말이, 애를 벗겨놓고 미지근한 물로 쉬지 말고 닦아주라는 말만 하고는 총총히 사라졌었다. 다니던 소아과 의사는 수족구라며 국가 전염병임을 알려준다. 옮길 우려가 있으니 유념하라는데, 1주일이면 대개 자연치유가 되니 걱정하지 말라며 안심시킨다. 다만, 토하거나 악화될 경우만 응급상황이란다.

광명동굴

150524

친목회 모임을 광명동굴로 가자며 회원들이 군불을 지펴대더니, 이달 모임은 광명동굴로 가게 될 것 같다. 그래도 내 동네라 더 확인해볼 필요가 있을 것 같았다. 철산역서 11-2번 버스가 광명동굴 입구만 가고, 17번 버스는 동굴 코앞까지 간다. 입장료도 4천 원인데, 65세 노인은 2,000원의 할인을 해준다. 조금 걸어 나오니 주차장도 꽤 넓다, 동굴 앞은 체험 광장이 있어 사금 캐는 것을 시연해볼 수 있다. 동굴을 관람하고 나오는 길옆은 광산에서 나오는 지하수가 시냇물처럼 흐르고 있어 아이들도 좋아할 것 같다.

세 균

150614

오늘은 정기산행일이지만, 메르스로 시끄럽기도 하고 손자들도 있는 처지라 산행을 피했다. TV를 보니 폐렴백신을 맞은 사람은 메르스에 면역이 되지 않느냐는 질문에, 폐렴은 세균이고, 메르스는 바이러스이기 때문에 전혀 다르단다. 우리 몸에 있는 유익세균이 뇌의 무게와 같다는 말엔 입이 벌어진다. 항생제를 함부로 먹으면 유익세균도 함께 죽는단다. 우유 만드는 젖소도 필요시 항생제를 쓴다는 말은 들은 바 있다. 간접적으로 항생제를 복용하는 셈이 되며, 슈퍼박테리아가 생길 수 있단 사실이 놀랍다.

인 성

150623

노벨문학상을 받은 사람들이 대개는 순수한 영혼으로 살아왔을 것 같다. 타고르의『기탄잘리』시집에 감동한 앙드레 지드는 이것을 번역해서 알렸고, 타고르는 세계 문호의 대열에 올라섰으며, 노벨상 수상자가 되었다. 타고르는 계급차별과 사람을 업신여기며 쇠약해진 인도를 안타까워했고, 그가 동방의 등불이라고 일렀던 대한민국은 덕담을 늘 기억하고 있다. 우리는 권선징악을 이야기하지만, 인성을 멀리하며 방황하고 있는 것 같으니, 고약한 범죄가 느는 것도 인성으로 다독이는 사회적 인프라에서 방법을 찾아야 할 듯 싶다.

신선놀음

150706

오늘은 B 친구와 단둘이 산행을 하게 됐는데, 자주 산행을 함께하다 보니 단출한 대로 괜찮다. 북한산 초입에 잘못 들어서며 관목에서 묻어나는 백분(白粉)을 꽤 많이 묻혔는데, 그래도 상관없었다. 적당한 장소를 잡고 앉아 숨 고르기 하며 바둑을 두는데, 나무랄 것 없이 좋다. 공기 맑아 좋고, 즐기는 바둑을 두니 좋다. 신선놀음에 도낏자루 썩는다 했던가? 서로 잘 두는 바둑은 아니었지만, 땀 흘리며 올라와서 적당한 곳에 자리 잡고 앉아 산 밥에 술을 곁들이며 정적(靜的)인 스포츠를 즐기고 온 셈이다.

공원 녹지과

150708

공원에 설치되어있는 체력단련기구 관리부서가 체육 관계 부처인 줄 알았는데, 알고 보니 공원 녹지과 담당이다. 작년 겨울 보건소 입구를 올라가는데, 금당이 광장 체력 단련장에 엎드려 팔 굽혀펴기 하는 기구가 망가져 있어 연락을 해준 적이 있다. 그때만 해도 겨울이었고, 담당 공무원 말로는 해동(解冬)만 되면 작업할 계획이라고 말해준다. 그 후 어떤 시민이 답답했는지, 철근으로 끼워놓아 아쉬운 대로 이용은 했지만, 구름산은 시(市)의 8경 중 하나인 만큼 사소한 일 같지만, 관심 두고 관리해주었으면 하는 마음이다.

고남리

150804

태안군 고남리는 길도 막히지 않았지만, 손자도 보채지 않고 잘 도착한 것 같다. 입실이 3시여서 근처 해수욕장서 놀다 들어가면 되겠거니 하며 주차장엘 들어서는데, 펜션에 간이 수영장이 만들어져 있다. 애들은 벌써 마음이 들떠 있었고, 펜션 측도 방 입실은 어려워도 수영장 입수는 괜찮단다. 해수욕장 가자는 소리가 슬그머니 들어가 버린다. 쥐꼬리만큼 배운 수영 실력을 손자들에게 더듬어 전수하느라 물 텀벙대면서 애쓰지만, 하루 이틀에 배워지는 일이 아님을 아는지라 공연히 잔소리만 이어지는 것 같다.

아! 충무공

150809

사백여 년 전, 민족의 영웅 이순신은 성호사서(城狐社鼠)의 음해를 받으며 심한 고문을 당하고 있었다. 왜의 침략으로 국가가 위기에 몰리자 이순신 장군을 다시 삼도수군통제사로 임명했을 때, 원균이 갖고 있던 수군은 구선(龜船)을 모두 잃고, 판옥선 12척만이 수군의 전부였던 것이다. 육군과 합류하라는 어명에 충무공은 "그래도 신에게는 12척의 배가 남아있습니다."라고 선조에게 장계를 올린다. 영국이 자랑하는 넬슨 제독조차 이순신을 자기보다 훨씬 훌륭한 장군이라고 말했단다. 우리의 군은 지금 어디에 와있을까? 군에서 발생되고 있는 비리가 걱정된다.

한미통합 화력훈련

150901

북한은 고픈 배를 움켜쥐면서도 남침야욕을 버리지 못하는 나라다. 일본도 이씨조선 때 그 야욕과 도발의 끈을 놓지 않고 조선을 번번이 노려 왔다. 그 위기를 영웅 이순신이 지켜냈지만, 거기까지였다. 대비를 못 한 조선은 결국 일본에 의해 막을 내렸다. 그러함에도 변한 것 없이 동족끼리 전쟁을 일으켰고 남의 힘으로 나라를 찾아 이 자리에 왔다. 어제 한미 통합 화력훈련 하며 보여준 막강한 화력시범도 미국 도움 아래 이루어진 일이다.

강화도

150912

H 친구가 강화에 정착할 자리를 보러 가자 해서 W 친구와 간 곳은 야트막한 구릉지였다. 350평 대지에 30평 남짓 건물을 지을 계획인데, 집이 텃밭과 함께 잘 어울릴 것 같다. 사방이 확 트이고 전망 좋은, 별장과 다름없는, 고즈넉하고 좋은 곳이지만, 좀 적적할 것 같다. 텃밭에서 북한 땅이 아득하게 보이고 있었다. 여기에 나무를 심을 계획인데, 감나무 한 그루씩 사서 심어 놓으란다. 그래야 감 따러 자주 올 것 아니냐며 웃는다. 강화도 외포리 지나 동막해수욕장 앞을 달리는 길은 멋진 드라이브 코스였다. 적당히 꾸불꾸불한 바다 전경과 요소에 펜션이 그림같이 박혀 있었다.

로데오

150914

돌아가며 밥 사기로 시작한 동창 모임에 오늘은 회장 하는 친구가 주관하는 날이다. 전철역에 내리니 여러 친구가 이미 와있었다. 회장이 마중을 해주니 더 고맙다. 'C의 눈 내리는 마을'은 동창회 운영관계로 한번 와 본 곳이다. 친구들이 모인 자리에는 정성껏 차려진 퓨전 양식이 푸짐하게 차려있고 분위기도 멋졌다. 레스토랑 의자도 흔들리게 만들어 놓아 특색 있어 좋았지만, 좌중이 거나해지자 친구가 평소에 갈고 닦은 색소폰을 연주해주는데, 리듬과 솜씨가 썩 괜찮다. 아마추어 실력치고는 수준급인 것 같다.

레스토랑은 정리했다지만, 직원이 인수를 하면서 자신은 색소폰만 연주해준단다. 가수를 별도로 쓰는데도, 손님들 요청으로 색소폰 연주를 해주는 친구가 행복해 보인다. 횡단보도까지 나오는 친구의 배웅이 살갑게 느껴졌다.

막걸리 축제

151004

W 친구로부터 일산 호수공원 부근에서 막걸리 축제가 벌어지고 있다는 전언이 왔다. 당연히 가야지 하며, 그곳에 가까이 사는 B 친구에게도 연락을 넣어 함께 만난 뒤 축제장을 들어서는데, 듣던 대로 성황이다. 막걸리 축제에 동참하는 기업이 대략 40여 개소는 되는 것 같다. 반 시계 방향으로 돌면서 홀짝홀짝 마시는 술이 장난 아니다. 이러다가 초장에 취할 것 같아 방문하는 곳마다 양을 줄여가며 조금씩 마시니, 거의 끝나는 장소에서는 안주를 만들어 팔고 있는데, 전어에 돼지 갈비까지 다양했다. 시간이 흐를수록 행사 참석인원이 는다. W 친구는 알밤 막걸리가 제일 맛나다며 전어에 구운 갈비와 알밤 막걸리 3병을 들고 호수공원으로 다시 자리를 옮겼다. 색다른 기분을 느끼며 멋진 곳에서 주거니 받거니 하며 마시니, 오늘이 우리 주당들 축제가 아닌가 싶게 하루가 즐겁다.

동창야유회(同窓 野遊會)

151014

잠실운동장에서 만난 동창은 다소 소원했던 친구들까지 참석하면서 멋쩍게 손을 내밀었지만, 잠시 옛날을 회상하기에 충분했다. 시간 반을 달려서 도착한 포천지역 음식점은 식당 아래에서 잉어가 노는 명소로도 알려진 곳이고, 웬만한 구기운동도 할 수 있는 넓은 마당이 있었다. 야유회장에는 뒤에 합류한 친구들까지 생각 밖으로 많은 친구들이 참석하며 행사를 뜻있게 보냈다. 맛난 음식이나 먹고 하루 즐기겠거니 했는데, 치밀하게 준비해온 임원진 덕분에 무척 즐거운 하루가 되어 우선 고맙다. 아직도 얼굴을 볼 수 있는 건재한 친구들이 67명이라는 사실이 반갑고, 투병 중인 친구의 참석도 의미 있었다. 초청에 보답한다며 맑은 음성으로 성악을 들려주며 감사의 뜻을 전해준 친구 부인의 답례는 감동이었다. 터치 볼, 제기차기, 공 돌리기, 자유투 등 전통놀이로 보낸 하루는 친구들과 함께여서 더 기쁘고 행복한 날이었던 것 같다.

콩깍지

151017

친목회 장소를 양평으로 정하고 모두 K 친구가 한턱 낸다는 선언을 했다. 만날 때마다 "막내야!" 부르며 농하던 친구다. 다 같이 황혼의 능선까지 왔나 싶다. 셔틀버스 타고 H 식당에 들어서는데, 음식도 나름대로 맛나고 정갈했다. 지평 막걸리를 한 병 사 들고 용문사 주변을 한 바퀴 돌며 경관 좋은 곳에 앉아 잔을 기울이니, 맛도, 분위기도 모두 좋았다. 기상대에서는 초미세먼지가 어쩌고 했지만, 우리 눈엔 맑고 청명한 날씨로 보이니, 친구 덕에 눈에 콩깍지가 씐 것은 아닌가 싶어 입가에 미소가 번진다.

충효당(忠孝堂)의 고민

151021

5백 년 전 충효당(忠孝堂) 칭호를 받은 아흔아홉 칸 고가(古家)에 어머니와 아들, 두 노인이 살고 있다. 식구들은 생계를 위해 뿔뿔이 흩어졌고, 버거워진 고택관리에 치매 어머니 봉양까지 떠맡아 살던 아들은 끝까지 웃으며 어머니 뒤치다꺼릴 해왔다. 어머니가 돌아가시자 참았던 눈물을 쏟아낸다. 나라에서 내린 충효당 휘호를 자신 대에서 마감해야 하는 민망함에 대한 눈물인지, 아니면 어머니에게 못다 한 효도 때문인지, 굵은 눈물을 씻어내는 늙은 아들은 갈등 한복판에 서 있는 것 같다. 한때는 대가의 풍요가 선망되던 때도 있었다.

태종대

151030

우여곡절 끝에 사위들과 부산에 도착한 시간은 오후 6시 반이다. 예약된 모텔은 지하철 자갈치시장 역 6번 출구에서 얼마 안 되는 가까운 곳이다. 길 중앙은 온통 포장마차로 번잡했고, 손님도 대단했다. 밤에만 이런 풍경으로 변한단다. 포장마차에서는 술도 팔고 손님 대부분이 여행객이지만, 내·외국인을 통틀어 젊은 층이 더 많은 것 같다. 자갈치시장을 찾아가 장어구이를 먹는데, 모두들 만족해하는 모습인 것 같다. 일부러 찾아가 맛본 부산 명주 '금정 막걸리'는 입에 착 붙는 맛이기보다는 진하고 깊은 맛을 내는 정말 막걸리다운 술 같았다.

다음 날, 신라 태종 무열왕이 이곳에서 활을 쏘았다 해서 태종대로 불렀다는 곳에 닿으니, 시티투어 2층 버스가 손님을 기다리는 모습이 멀리 보인다. 우리도 코끼리 셔틀버스로 가느냐, 도보로 가느냐로 분분하다가 그냥 걷기로 하고 나서는데, 두 번 와본 길인데도 반대 방향으로 오르니 낯설다. 해운대 길은 교통체증이 심해서 오는 길에 광안리를 보기로 했음에도 포기해야 했다. 숙소 가까운 국제 시장에서 줄을 서야 먹는다는 몇 가지 명품(?) 음식을 사 들고 와서 둘러앉아 먹는데, 역시 별미였다.

김 장

151126

매년 행사처럼 꼭 해야 하는 가장 중요한 일이고, 집사람이 늘 갖는 심적 부담이 큰 것 중 하나가 김장인 것 같다. 김장 돕기를 시작한 지도 꽤 오랜 세월이 흐른 것 같다. 무생채에 버무리는 것까지가 내 담당인데, 집사람은 생채를 만드는 것이 더 힘들다고 하지만, 나는 버무리는 것이 더 힘들었다. 생채에 고춧가루를 붓고 찹쌀죽, 마늘, 생강, 젓갈 등을 넣고는 계속해서 설탕, 미원, 갓, 등을 넣는다. 버무리면 또 쏟아넣고, 버무리면 또 쏟아넣는데, 무 30여 개를 채로 썬 양도 적지 않건만, 번번이 쏟아 넣을 땐 남자 체면도 있고 해서 열심히 하다보니, 입에서 단내가 날 정도다. 올해는 한꺼번에 넣자는 제안을 했는데, 양이 너무 많다며 두 함지로 나누는 바람에 사서 고생을 했다. 어쨌거나 둘째가 휴가를 내고, 뜬금없이 없이 손자 놈이 가세를 했는데, 손이 의외로 빨라 속 넣는 데 많은 도움이 된 것 같다. 큰애도 와서 돕고 그럭저럭 김장을 잘 마무리 했다.

건 배

151203

술 마시는 사람보다 안 마시는 사람이 더 건강하다는 의학 연구결과가 발표되었단다. 술 마시기 전에 하는, 주석 의전용어(?) 는 '건강을 위하여'다. 결국, 건강을 버리는 꼴이 된 셈이지만, 우리 국민이 마시는 술이 세계 평균량의 두 배에 가깝단다. 술을 마셔야 이야기가 나오고, 안 마신 평소 얼굴은 마치 싸움한 사람 얼굴을 보는 것 같단다. 외국 사람들은 이런 우리 표정을 이해 못 한다. 이 땅에서 자란 나도 이해 안 되는 걸 어쩌랴! 일본 강점기와 동족 간의 전쟁에서 불거진 후유증은 아닌지 추측만 해볼 뿐이다.

뻐꾸기 둥지

151204

뻐꾸기란 놈이 알고 보니 천하에 고약한 새다. '붉은 머리 오목눈' 새가 둥지를 만들어 놓으면, 먼 데서 알 낳을 때까지 지켜보다가, '오목눈' 새가 알을 낳고 둥지를 비우면 얼른 둥지에 가서 알을 낳고 날아가 버린다. 뻐꾸기 알은 부화하며 덩치가 작은 오목눈 새끼를 밖으로 밀어낸다. 제 새끼가 아래로 떨어져 죽은 줄도 모르고, 뻐꾸기 새끼를 자기 새끼로 알며 부지런히 먹여 키워 놓는다. 뻐꾸기는 다른 알을 밀어내고, 천연덕스레 남의 음식을 받아먹으며 자란 새다. 뻐꾸기라고 다 그렇지는 않겠지만, 자식 버린 부모가 늙어서 다시 자식 찾는 드라마를 보며 생각나니 하는 소리다.

헌혈 졸업

151217

피가 모자란다며 헌혈을 호소하는 메시지가 휴대폰에 또 뜬다. 늦게 시작한 헌혈이지만, 부족한 운동량을 채운다며 일부러 만보를 채우기 위해 전철을 타고 헌혈의 집을 찾았다. 매번 컴퓨터에 앉아 엄격하게 만들어진 문진표를 작성하는데, 수많은 질문사항을 타고 넘어 확인을 누르고 나면 혈압을 측정하고 피검사를 마쳐야 된다. 피를 빼는데 매번 느끼는 것은 이 정도를 빼고도 사람이 멀쩡한데, 피라도 조금 흘리면 공연히 두려워했던 기억이 더듬어진다. 아쉬운 것은 시식권이니, 영화 관람권이니 하며 상품을 주지만, 먹어치워 없애는 것보다 기념으로 품고 싶은 소박한 선물이 좋을 것 같다는 생각을 해본다. 나의 피로 사람을 도와주었다는 마음이 느껴질 정도면 좋지 않을까 싶다.

늦게 쓴 편지

펴 낸 날 2016년 10월 12일

지 은 이 변춘봉
펴 낸 이 최지숙
편집주간 이기성
편집팀장 이윤숙
기획편집 장일규, 윤일란, 허나리
표지디자인 장일규
책임마케팅 하철민,
펴 낸 곳 도서출판 생각나눔
출판등록 제 2008-000008호
주 소 서울 마포구 동교로 18길 41, 한경빌딩 2층
전 화 02-325-5100
팩 스 02-325-5101
홈페이지 www.생각나눔.kr
이 메 일 bookmain@think-book.com

• 책값은 표지 뒷면에 표기되어 있습니다.
ISBN 978-89-6489-643-3 03810

• 이 도서의 국립중앙도서관 출판 시 도서목록(CIP)은 서지정보유통지원시스템 홈페이지(http://seoji.nl.go.kr)와 국가자료공동목록시스템(http://www.nl.go.kr/kolisnet)에서 이용하실 수 있습니다(CIP제어번호: CIP2016023592).